U0579492

九江学院文学院濂溪文库

浔阳倦客诗稿

李瑞河◎著

江西教育出版社
JIANGXI EDUCATION PUBLISHING HOUSE
·南昌·

赣版权登字-02-2024-390
版权所有 侵权必究

图书在版编目（CIP）数据

浔阳倦客诗稿 / 李瑞河著. — 南昌 : 江西教育出
版社，2024.9. — ISBN 978-7-5705-4433-2

Ⅰ. I227

中国国家版本馆CIP数据核字第2024W5F522号

浔阳倦客诗稿
XUNYANG JUANKE SHIGAO

李瑞河 著

江西教育出版社出版
（南昌市学府大道299号 邮编：330038）

各地新华书店经销
江西赣版印务有限公司印刷
889毫米×1194毫米 32开 7.375印张 158千字
2024年9月第1版 2024年9月第1次印刷

ISBN 978-7-5705-4433-2
定价：58.00元

赣教版图书如有印装质量问题，请向我社调换 电话：0791-86710427
总编室电话：0791-86705643 编辑部电话：0791-86705903
投稿邮箱：JXJYCBS@163.com 网址：http://www.jxeph.com

作者参加诗词活动

作者夫妇

作者生活照

李瑞河诗词选录

李瑞河 江西九江人，1964年生，江西九江学院副教授。从事古代汉语和诗词学的教学与研究，近年来在《中华诗词》、《诗刊》、《江西诗词》、《当代诗词》等专业诗刊物发表近体诗习作近百首。

观街边笼上鸟作

望断云天心已灰，
半生都被布包围。
双翎洞落孵多肉，
便出樊笼也不飞。

省图书馆校对古籍

百里驱驰细校书，
蝇头小字看模糊。
蠹虫他日应有语：
哀尔鲁鱼滋味殊。

登岳麓山未果

星城灯火已阑珊，
爱晚亭前折步还。
岂是路长无脚力，
名山不尽图图看。

灵渠

各引清流共岭云，漓江湘水隔山冈。
秦皇毕竟雄才略，百越中原不许分。

访长沙贾谊故居

小街迤逦路灯红，
楚客幽居仄晚风。
满腹文才名器重，
三年贬谪仕途穷。
高亭对策纾周勃，
谏铸文章恨邓通。
纵是纯良安治蜀，
经纶岂可损元功。

野花二首

（一）
红艳一支绽嫣紫，郊原俏立草青青。
经行料是前缘定，但醉芳芳莫问名。

（二）
乌衔风飏自生来，陌上田头葽尔开。
但得相怜指义髻，丰姿一样向人偎。

《华夏诗词》作者专版

序

浔阳李兄瑞河，执教上庠，精文字、训诂、音韵之学，教学之暇，更耽吟咏，自号浔阳倦客。近精选平生所作，编为一集，名曰《浔阳倦客诗稿》。稿分四辑，第一辑为绝句，第二辑为律诗，第三辑为古风，第四辑则为词，总计近六百首。从各体数量看，第一、二辑乃近体，达五百余首之多，可见其所嗜所擅之所在矣。

瑞河兄之近体诗，极重章法，而又能突破成规，如《暮归遇雪》："村灯隐约路依稀，野旷天低暮色微。莫道身边缺灵物，雪花犹自伴人飞。"寥寥二十八字，而起承转合分明，第三句以"莫道"提顿，第四句则用"犹自"呼应，前后推挽，既于转处生神，又能妙合无垠，此前人惯用之诗法，如王昌龄"莫道蓟门书信少，雁飞犹得到衡阳"，方虚谷"莫道无人肯相送，庐山犹自过湖来"，蔡羽"莫道千秋无胜事，白鸥犹拂画栏飞"。此等笔法，诚如清人朱庭珍《筱园诗话》卷一所说，"起伏承接，转折呼应，开阖顿挫，擒纵抑扬，反正烘染，伸缩断续"，乃"诗中有定之法"。瑞河兄此绝，妙在第三句"灵物"二字之生面别开，结以"雪花犹自伴人飞"，看似不合常理，实则极饶奇想。掩卷思之，觉其身边忽添尤物，不惟点明题旨，且化悲苦为欢欣，遂使通篇灵动有致，套用温飞卿"词客有灵应识我"之句，可谓"飞雪有灵应识我"矣。此即朱筱园所谓"以我运法，而不为法用。故始则以法为法，继则以无法为法，能不守法，亦不离法……盖本无定以驭有定，又化有定以归无定也。无法之法，是为活法妙法。造诣至无法之法，则法不可胜用矣"。瑞河兄集中，此类佳作，随处可见，恕不一一举例。余尤赏其咏雨一律："潇潇坠瓦复飘茵，润泽生灵洗俗尘。花叶翻飞新态度，河山改变旧精神。思亲永夜巴山麓，送客平明楚水滨。一滴秋桐声最苦，西宫扶出白头人。"诗中出句不押韵之尾字"度""麓""苦"，不仅去、入、上三声递用，且韵母相同，诵之琅琅，当是着意为之。颔联境远意新，蕴含哲理，陆平原所谓"立片言而居要，乃一篇之警策"是也。颈联点化李义山"君问归期未有期，巴山夜雨涨秋池"及王少伯"寒雨连江夜入吴，平明送客楚山孤"，而浑化无痕，其腹笥之丰，于焉可见。一结乍看似仅传统宫怨，细加品味，则分明讥讽西太后之类人物，匹似警世之黄钟，萦绕于耳际，极耐循思。又，瑞河兄颇喜集句，如《拟题集句》："醉忆春山独倚楼，斜晖脉脉水悠悠。只怜玄兔千年冷，暗织沧溟一片愁。青鸟不传云外信，夜涛催发海南舟。艰难苦恨繁霜鬓，任是无情也上头。"所集之句，据其自注，"依次集自冯延巳《浣溪沙》、温庭筠《望江南》、宁调元《八月十五夜漫书一律》、释绍昙《偈颂》、李璟《摊破浣溪沙》、释普岩《偈颂》、杜甫《登高》、杨基《无题和唐李义山商隐》"，从中可窥其学养之深，涉猎之广，记忆之强。其《集句咏羁旅之怀应社课》一诗，以黄山谷"持家但有四立壁"，对杜少陵"奉使虚随八月槎"，更可谓天造地设，出神入化，学人身手，臻于此极，令人击节频频。

瑞河兄虽罕作古风，然偶一挥毫，辄臻高境，如《重游通天岩次王阳明诗韵》："千里驱车来，尚喜精神好。崖前忆游踪，置身如蓬岛。密叶已遮天，竟是春归早。刻石开我目，悴悴一为扫。"此诗作于癸巳（2013）褉日，正值江右诗社赣州年会，当时我亦作《忘归岩次阳明韵》，小序曰："癸巳（2013）三月三日，江右诸子聚于虔州，次日游通天岩，观摩崖之石刻，吊亘古之遗踪。拾阶而上，至忘归岩，林霏翠滴，霞影红飞。壁上有王阳明题诗：'青山随地佳，岂必故园好。但得此身闲，尘寰亦蓬岛。西林日初暮，明月来何早。醉卧石床凉，洞云秋未扫。'阳明原跋云：'正德庚辰（1520）八月八日，访邹陈诸子于玉岩题壁。阳明山人王守仁书。'乃相约步韵遣怀，以识兹游之胜云尔。"拙诗云："穿林憺忘归，爱此烟霏好。谁与泛莲舟，相偕坐洲岛。醉里同观心，盍各苦不早。一襟舞雩风，门庭容我扫。"自注曰："邹陈即邹守益、陈九川，皆阳明弟子。此岩又名'观心''莲舟''潮头'。邹谦之（守益）诗云：'巨灵翻沧溟，涌此潮头雪。醉卧莲叶舟，长风棹明月。'元次山《石鱼湖上醉歌》云：'山为樽，水为沼。酒徒历历坐洲岛。'东坡诗云：'莫作天涯万里意，溪边自有舞雩风。'散原则曰：'吾生恨晚生千岁，不与苏黄数子游。得有斯人力复古，公然高咏气横秋。'"试比较我与瑞河兄同题之作，觉其措语更为自然，而吾诗则过于生涩，不看注释，难明其意，忆元遗山"君看陶集中，饮酒与归田。此翁岂作诗，直写胸中天。天然对雕饰，真膺殊相悬"之句，不觉爽然若有所失矣。

瑞河兄于倚声之道亦颇有会心，其《醉落魄》词云："露寒风烈，等闲又到重阳节。满园落叶何堪说，且把幽怀、抛向枝头月。　少小轻狂心易热，中年意气多消歇。平生事业如鸡肋，醉倚东篱、一解千千结。"此词上片清深幽窈，旷邈空灵，得此调之声情体气；下片"平生"句，用杨修"夫鸡肋，弃之如可惜，食之无所得"之典，蕴诚斋"半世功名一鸡肋，平生道路九羊肠"之悲。结拍以渊明采菊东篱自许，寄托"归去来兮"之高怀远志，立意甚高。唯换头两句，直抒胸臆，似不若蒋竹山《虞美人》"少年听雨歌楼上，红烛昏罗帐。壮年听雨客舟中，江阔云低、断雁叫西风。　而今听雨僧庐下，鬓已星星也。悲欢离合总无情，一任阶前、点滴到天明"出以形象，更耐涵泳也。是为序。

癸卯清秋

时维公历 2023 年 9 月 13 日

剑邑熊盛元

草于洪州青山湖畔

我的学诗经历（代序）

　　记忆中对文学作品的爱好是在念中学的时候。除了走在路上、上课在底下偷偷看小说，课本发下来的时候首先就把语文课文都看个遍，喜欢那些优美的古今散文和念起来节奏分明、抑扬顿挫的诗词。课文中古人的和毛泽东、陈毅、叶剑英等当代革命家们的诗词都能背诵。记不清是哪一年，中学生中流传《增广贤文》，大家看的都是手抄本，于是也将白纸裁订成一个小本子，画上方格，工工整整地全文抄录了下来，然后背诵。这个时期背诵的作品到如今基本还能背出。

　　记忆是个很奇妙的东西。因为喜欢，一些并非名篇，甚至不知道题目和作者之作，包括课外阅读中古代白话小说里的诗词也能背一些。总记得这一首："白雾漫空白浪深，舟如竹叶信浮沉。科头晏起吾何敢，自有山川印此心。"到大学里查阅方知是范成大的《十一月大雾中自胥口渡太湖》。《古代白话小说选》里的一首《唐多令》（少小惜红芳）到如今依然能背诵——后来一想，这是一首准艳词，大约适合情窦初开的少年的口味吧，一笑。

　　这些应算是诗词启蒙了，真正仰望诗词广阔的天空，是到大学时。一九八一年，我以高于全国重点分数线十分的成绩被江西师范大学（时名江西师范学院）录取，就读于中文系，从此便与中文，特别是与诗词结下了不解之缘。

江西师范大学古代文学专业在当时的全国地方高校中力量算是比较强的，有诸如胡守仁、余心乐、刘世南这些知名学者。在对学生的要求上，师大中文系也比较偏重于古代文学专业。在发的一大堆教材中有一本薄薄的油印小册子，上面将古今名著名篇，哪些是要熟读的，哪些是要背诵的，一一注明。班主任和任课教师都强调，学生必须完成这些任务，任课老师会检查，直到人人过关。当时的师大条件比较差，房子破旧不说，食堂打饭的窗口也少得可怜，往往要排队半小时以上。那时的学生比较自觉，学风也浓，于是就出现了排队打饭时外语系学生背英语单词，中文系学生背唐诗宋词这样在今天难得见到的场景。一些古典散文诗词名篇，哪怕如《离骚》《齐桓晋文之事》《报任安书》《长恨歌》这样的长篇，都是这段时间背下来的。今天能涂鸦几句，当与这段青春时光的浸润、涵咏不无关系。一些诗词名家都有这样的共识——一个人的诗词创作水平是与他能背诵多少诗词成正比的，我深以为然。

课前和课后的背诵离不开老师的讲解，而摘句欣赏又是老师们最喜欢做的，尤其是古代文学课。一些脍炙人口、读来让人口舌生香的句子，老师们讲起来神采飞扬，学生也听得如醉如痴，终生难忘。"采菊东篱下，悠然见南山"的闲适与自得，"人生自古谁无死，留取丹心照汗青"的凛然正气，"一蓑烟雨任平生"

的潇洒与旷达，"四围山色中，一鞭残照里"的清冷和落寞，"娇痴不怕人猜，和衣睡到人怀"的风情万种……无不让人遐想连翩，咀嚼良久。这段时间喜欢将一些好句子写在教材的空白处，于今记得的尚有"文成蕉叶书犹绿，吟到梅花字亦香""雁字回时，月满西楼""则为你如花美眷，似水流年"等等。至今我仍然喜欢摘句，不时用方言独自吟诵。近代才子佳人小说《花月痕》中有一联诗"丁香舌底含红豆，子夜心头剥绿蕉"，我甚至用它作为我微信的签名。

师大的老师都很博学，课堂上除了文学知识的传授、文学理论的讲解、文学作品的欣赏之外，对前贤的风骨襟怀、人文精神、趣闻逸事也多有涉及，让人每每心向往之。在某种程度上说，这些甚至更加能影响我们这些青年学生，甚至暗暗地成了此后人生道路中的风标或警醒的钟声。那让齐王来前的颜斶，那傲啸山林的七贤，那以诗词唱和的风雅……无不让人顿生景仰。诗词掌故中前贤的风雅尤其让人钦慕无比：北宋词人张先因三首带有"影"字的词被人称道而被称为"张三影"，宋祁因有句"红杏枝头春意闹"而被称为"红杏枝头春意闹郎中"，李清照有三句带有"瘦"字的名句而被称为"李三瘦"……由此想到也是当年老师讲的一则逸事：北大中文系的几个学生在白色的饭碗上用红漆写上"帘卷西风，人比黄花瘦"，以此抗议食堂饭菜没有油水。这些趣闻逸事更加强了我对诗词的兴趣。

真正学写诗词时我已经不青春了。虽然大学毕业后偶有凑句，但从不示人。第一首勉强可称作诗的是一九九九年元旦前，为参加学校鹤鸣诗社诗会写的《立春》。当时诗词界前辈詹八言、徐声扬等先生看后给予了热情的鼓励，这增强了我的写作信心。此后网络走入寻常百姓家，我每有涂鸦即发在诗词论坛交流，或被肯定，或得到一些修改意见；同时也向各地诗词杂志投稿，每一次刊登都是对我创作的激励。

这里特别值得一提的是，2006年，以江西籍或与江西有渊源者为成员，网上网下活动相结合的江右诗社成立，我为发起人之一（但因故未参加成立大会）。众推全国著名诗人熊盛元先生为社长，聘袁州傅义先生、段师晓华教授为顾问。诗社定期有社课，社长和顾问轮流点评。社友不定期举行大小雅集，嘤鸣唱和。十多年来，我在名师的指导下、社友的切磋中受益良多，略有寸进。近年来则敢参加一些全国性的诗词联比赛，也是皇天不弃驽钝，偶尔能撞大运获些奖励。

虽然有人说我的习作是学宋诗，但个人更喜爱的是唐诗，尤其是晚唐诗歌——所谓的"晚唐风韵"。我能记诵的小李杜、罗隐、温庭筠等晚唐大家的诗，数量不下于诗人灿若繁星的盛唐的诗。"一种风流吾最爱，六朝人物晚唐诗。"虽然学不到六朝人物的放旷任达、清谈品鉴，也学不到晚唐诗风的感伤哀婉、怨刺和绮丽，但在处世态度上，在诗歌的审美趣味上，日人的这个句子却让我久久地玩味。

近年在有识之士的倡导下，传统文化虽然呈复兴态势，但诗词联的道路仍是狭窄，也看不到多少光明，既然浸润已久，也无能为他事，注定今生是要在这条路上蹒跚而寂寞地前行。平生庸庸碌碌，乏善可陈，青春更是懵懂无知，不值一提。陈晓松先生欲编著《当青春遇上中文系》，命我写一点东西。我对这个命题作文不知如何下笔，但任务还是要完成的，于是断断续续地敲下这些文字，拉拉杂杂，算是交差。

（原载陈晓松主编、江西人民出版社出版《当青春遇上中文系》，文字略有删改）

李瑞河

目录

序

我的学诗经历（代序）

第一辑　绝句

后记

第一辑 —— 绝句

汤圆

鼎镬分明海样深，沧波一入任浮沉。

休言置久无余热，冷面犹存滚烫心。

戏题扫地机器人 ①

尘滓清除令已颁，逡巡室内步蹒跚。

情知不具穿墙力，一碰头时自转弯。

咏钢笔 ②

一从出世任行藏，歌哭由人话短长。

莫道周身圆且滑，须知腹内有锋芒。

咏雪 ③

兆岁如人意，飘飘覆世尘。

天分无厚薄，落地不均匀。

① 原刊于《中华诗词》2019 年第 4 期。

② 原刊于《湖南诗词》2009 年第 1 期。

③ 原刊于《诗潮》2015 年第 10 期。

登岳麓山未果 ①

星城灯火近阑珊，爱晚亭前折步还。

岂是路长无脚力，名山不忍囫囵看。

灵渠 ②

各引清流共岭云，漓江湘水隔山闻。

秦皇毕竟雄才略，百越中原不许分。

聂耳 ③

河山忍看欲沉沦，笔下排开义勇军。

点检音符如战将，杀声犹向耳边闻。

铅山县瓢泉 ④

经年汩汩出岩峣，漱玉涌金涵碧霄。

莫道清流终细弱，一瓢能涨信江潮。

---

① 原刊于《诗潮》2015 年第 11 期。

② 原刊于《中州诗词》2011 年第 1 期。

③ 2019 年云南大理"中国·聂耳故乡"全国诗词征集二等奖作品。

④ 原刊于《中华诗词》2021 年第 1 期。

放蜂人 ①

南北山原处处家，屐痕一缕丈天涯。

经年过眼无他物，尽是春风和百花。

观潮 ②

裂地惊天滚滚来，三军疾走势如雷。

翘翘何计堤墙在，不碰头时不晓回。

风筝 ③

五色饰真颜，招摇上九天。

一朝根线断，抛骨向谁边？

自我介绍 ④

生于四十九年前，读过诗书种过田。

惯受风寒颈僵直，看人总是眼朝天。

---

① 原刊于《老友》2016 年第 10 期。
② 原刊于《诗潮》2015 年第 11 期。
③ 原刊于《诗潮》2015 年第 11 期。
④ 原刊于《诗潮》2015 年第 11 期。

永武高速上

车到吴家泼眼青，一山掠过一山迎。

漫游未可知行止，得见云生便返程。

题《义勇军进行曲》

寇盗公然破国门，河山板荡日星昏。

盘空一曲铿锵调，唤醒千秋民族魂。

晨观林笋一片戏题 ①

硝烟散作满天霾，昨夜星球战事开。

料得那边千百孔，枪枪穿过这边来。

雅集车上口号

千里驱驰为识荆，沿途风物走相迎。

诚知此聚原非易，今夜连床语到明。

---

① 原刊于《中华诗词》2009 年第 9 期。

方竹 ①

志凌霜雪感心坚，干直枝繁翠接天。

检点江南千种竹，只君棱角未磨圆。

游孽龙洞

造化生成一处幽，偷闲到此作优游。

倒悬穹顶多钟乳，稍不弯腰即碰头。

谒文廷式墓

救世终成一梦空，落花飞絮寄哀鸿。

由他不定盖棺论，我到坟前三鞠躬。

友人贺贱辰次韵为谢

托生尘海任沉浮，漂泊心如不系舟。

一万六千升落日，清辉渐照一身秋。

---

① 原刊于《诗潮》2015年第11期。

有专家预言因滥捕五十年后席上无鱼

数罟诛求尽，千塘万堰虚。

如今餐桌上，尽吃子孙鱼。

闻神舟五号飞船发射回收成功

千古飞天梦已真，去来倏忽信如神。

嫦娥若惧蟾宫冷，故国灵槎可载人。

暮归遇雪 ①

村灯隐约路依稀，野旷天低暮色微。

莫道身边缺灵物，雪花犹自伴人飞。

咏史三首

一、张良

生死曾经博浪沙，铁椎一掷中偏车。

苍天若肯从人愿，逐鹿中原更几家？

---

① 原刊于《诗潮》2015 年第 11 期，题为《雪途》，整理时文字略有改动。

二、韩信

马上飞挥百战戈，平生成败一萧何。

屈身胯下惭漂母，鸟尽弓藏入网罗。

三、杜牧

行遍江南赏遍花，扬州风月忆繁华。

红鸾帐里批青史，立说总能成一家。

山乡

渐觉风光返朴真，乡亲描画更传神。

自从销尽民间铁，兽出山林鸟近人。

失题二首

一

枉自悲欢乱假真，世间风雨更愁人。

三生石上无因果，叹我空余抱病身。

二

匝地西风又报秋，浮云踪迹总难留。

林前认取红枫叶，似有新词在上头。

平安夜戏作

十字堂前问妇姑，几家识得野禅狐？

人皆合手低头拜，大概强于本地巫。

戏和籍舟

祖先遗训警愚顽，昼夜劬劳不敢闲。

一旦千秋功德满，西风黄叶这般删。

忆旧

婷婷袅袅步轻尘，一袭红裙艳暮春。

陌上相逢惟一笑，醇醪微醉少年人。

重游汤显祖纪念馆

落叶翻风雨打窗，游踪又到玉茗堂。

人间多少痴情者，岂独伤心是丽娘。

戏作

一到机前点鼠标，老僧入定股粘胶。

但能消去余闲日，话费由他步步高。

菊花

长南长北长江淮，篱落荆蓬处处开。

独立秋风容也艳，冷香难引蝶蜂来。

桂花

何年偷得月宫材，屋后庭前任意栽。

绿叶丛中藏玉骨，清香万缕袭人来。

游君山

沧桑岂必问麻姑，撼岳波涛今已无。

不到君山头上望，不知何处洞庭湖。

花工

播雨耕云未有时，园中岁月老身姿。

千株桃李青青色，谁是东风第一枝。

城边晚春

岸柳无风接地垂，淙淙溪水映斜晖。

残红乱点青青草，似雪杨花满夏衣。

晚春小景

惠日和风碧柳丝，蛙声如鼓斗塘池。

儿童掩蔽伸竿钓，脚陷污泥竟不知。

卢位梾老惠赠《近水楼吟笺》

蒙将大著付邮筒，多谢吟坛不老松。

近水楼生仙蜃气，浔阳千里沐春风。

看电视剧戏作[1]

连天炮火起阴霾，血雨腥风草木哀。

为了提高收视率，英雄死在美人怀。

闻庐山游客遭雷击

掠地风沙射眼昏，待晴亭外雨倾盆。

天公突发雷霆怒，万壑松涛哭野魂。

云游僧

天道难期运命乖，崎岖世路费芒鞋。

化来几钵粗疏食，摆作人间度命斋。

---

[1] 原刊于《诗潮》2015 年第 11 期。

乡间所见

节过中秋雁始书，长空望断字模糊。
儿童不管高飞尽，犹自昂头攘劲呼。

龙虎山泸溪漂流

飞车千里访丹霞，寻得清溪泛竹槎。
莫叹琼波容易别，谁能随水到天涯。

写诗

心思费尽捉诗魔，岂料诗魔计更多。
才要收装诗袋去，瞬间一变又腾挪。

铅云

铅云四合暗江川，惊得渔人不敢前。
古渡抛锚闲卧起，大风过后乃行船。

端午绝句 ①

山原绿遍近端阳，蒲艾临门粽叶香。

乳鸭分翎初试水，新荷半卷满池塘。

烟花四咏

一

一声呼啸响如雷，五彩缤纷照翠微。

许是飞天心过热，嫣然一霎便成灰。

二

震撼出红尘，娇娆幻作真。

平生一倏忽，璀璨却无根。

三 ②

霹雳声中上九霄，飞天花瓣落如潮。

金身瞬息成灰烬，万里长空归寂寥。

---

① 原刊于《中华诗词》2004 年第 1 期。

② 原刊于《中华诗词》2004 年第 3 期，题为《烟花》。

四

姹紫嫣红灿若春，百花开后总无痕。

长空不是膏腴地，千载谁收果一盆？

爆竹 [①]

悲欢福祸总无凭，蛰伏箱中冷似冰。

莫信生涯竟平淡，樊笼突破鬼神惊。

秋词 [②]

匝地西风又报秋，浮云踪迹总难留。

林前看取红枫叶，似有新词在上头。

寻诗

久坐窗前枉费思，搜肠都是旧时词。

清风召我出门去，踏月披云漫找诗。

① 原刊于《诗潮》2015年第11期。

② 原刊于《中华诗词》2004年第1期。

九江长江大桥

本是飞天玉锦龙，云间踪迹渺难通。

只因渴饮长江水，化作沧波一道虹。

彭泽马当矶国军炮台 [①]

壕堑炮台高复低，马当矶上草萋萋。

当年谁弃云中守，直任东夷更向西？

白鹿洞书院

重院回廊古木幽，门前活水自长流。

尔来八百年间里，道德文章播九州。

琵琶亭

如闻江橹转咿呀，似见深秋瑟瑟花。

商女琵琶司马泪，都随流水到天涯。

---

① 原刊于《诗潮》2015 年第 11 期。

庐山飞来石①

零落人间亿万年，女娲曾炼补苍天。

如何擎向东南去，不让金瓯缺一边。

长江新堤

犹记当年豆腐渣，浔阳城里捉鱼虾。

而今筑就金汤岸，何惧滔天恶浪加。

纸钞遗忘在口袋被洗

得来非盗亦非贪，勤俭持家上下班。

犹怕周游留异味，手搓机洗始心安。

婺源口占

风动酒旗斜，溪流两岸家。

门前摆摊者，半是读书娃。

---

① 原刊于《诗潮》2015年第11期。

登小孤山

矗立中流连楚吴，层崖间翠杵天孤。

渔人出没光波里，远去楼船似野凫。

登永修吴城镇望湖亭

聊凭亭榭豁吟眸，四面湖山一望收。

千里修江归赣水，原来清浊也同流。

再游云居山真如禅寺遇雨

又觅芳春过此门，蒙蒙雾雨湿凡尘。

羡他座上千尊佛，总是金光万丈身。

重回师大口占

尘海漂浮二十年，重回已是半华颠。

亭台犹在人何在，往事依依到眼前。

赣州聚会游览口占

一

正是天清气朗秋，撇开诸事会朋俦。

夜游船上觥筹影，萨克斯声似水柔。

二

客里登高散百忧，郁孤台上午风柔。

今天不惧疑难字，我有高师作导游。

归来

记得离家春草绵，归来已是雁行天。

邻童可脱人怀抱，要学哥哥放纸鸢。

题竹林坦腹卧图

竹影横斜映晚空，敞衣半卧自从容。

纷繁万事由它去，且作人间一放翁。

中秋夜

同在更深味苦辛，嫦娥应惜锦屏人。

分辉朗照三万里，黄卷银蟾俱可亲。

锁江楼

楚尾吴头望眼空，岸边花草尚葱茏。

双牛纵是沉江底，一样伏波千万重。

参观琵琶亭白居易塑像 ^①

谁拨琵琶动客心，但将幽恨付歌吟。

细看眼角犹噙泪，一领青衫湿到今。

咏冰

身似玲珑玉，心怀伏暑功。

春来先自隐，不肯碍花红。

---

① 原刊于《湖南诗词》2009 年第 1 期。

乡间见燕子归来

土壁风帘草色侵，无边丝雨湿衣襟。
桃花一簇红如火，牵尽天涯社客心。

皮球

千刀割后再粘牢，任你踢来任我抛。
不是腹中充满气，如何一蹦到云霄。

汶川地震

千家未有一家存，鸡犬依然觅旧门。
泣血杜鹃啼更苦，声声都似在招魂。

柳浪闻莺

曲径回廊草色迷，扶疏花木自高低。
湖风细细莺啼软，直使行人不肯离。

雷峰塔

多年闻说已重修，只恨无由到上头。
今日登临舒望眼，湖山胜迹莽然收。

苏堤

揖罢苏公踽踽行，濯缨濯足总无凭。
满堤尽是忘忧客，谁管沧浪清不清。

寒山寺

钟声已绝路迢遥，商旅无踪渔火消。
不是诗人曾夜泊，何来香客满枫桥。

独坐

独坐中庭到夜深，花猫缓步卜为邻。
南泉未绝玲珑种，度与江州看月人。

秋怀^①

疏帘月影过无痕，落叶翻风叩旧门。

历尽炎凉心境淡，书城坐拥一灯昏。

题钟馗图

连朝阴雨鬼尤多，仅一钟馗奈鬼何。

唤起人民千百万，神州何处躲妖魔。

杂吟二绝句

一

楼墙篱影自横斜，车路终头是旧家。

新竹试啼三色鸟，老藤更艳一枝花。

二

二竖侵人不奈何，三餐药把胃消磨。

人生也似撑肠药，嚼破当知苦更多。

① 原刊于《陇风》2009 年第 1 期。

赠卧云仙子二首

一

修江儿女本多情，对月当风感易生。

况有清才追漱玉，宜其幕阜树吟旌。

二

网海漂浮近十年，历经世相万千千。

未如幕阜山边女，独耀诗词一角天。

对镜

对镜方惊鬓有丝，光阴变幻太神奇。

年来老我唯何物，笔底文章网上诗。

改稿

门闭清寒失晓昏，鼠标飞动键留痕。

云屏座椅都亲我，不信文心不可扪。

上元夜望月不见已而朗照①

一冬冰雪洗，三五夜初圆。

知有凭栏望，分辉不肯偏。

野桃花②

不惯人间锦绣堆，置身独自向山隈。

尽饶地瘠花苞瘦，领受春风一样开。

赠缪九花

丽质天生绝可怜，名花却不爱花钿。

素颜占尽青春色，直使闺人贱黛铅。

年会梅岗因母疾不至

一载光阴容易过，花开时节本来寻。

侵人二竖不相恤，怎奈拳拳跪乳心。

---

① 原刊于《诗潮》2015 年第 11 期。

② 原刊于《当代江西诗词选萃》。

题丰城和合塔 ①

翘角飞檐影映湖，玲珑八面耸天孤。

寻常物过陶钧手，便枰平芜壮画图。

野花三绝句

一

荒郊漠漠草连空，领受春风几处红。

非是容颜偏艳目，风姿不与槛中同。

一 ②

红艳一支蜂蝶萦，郊原俏立草青青。

经行料是前缘定，但醉芬芳莫问名。

三 ③

鸟衔风籁自生来，陌上田头莞尔开。

但得相怜插双鬓，丰姿一样向人偎。

① 原刊于《诗词月刊》2010 年第 12 期。

② 原刊于《华夏诗词》2010 年第 4 期，题为《野花二首》。

③ 原刊于《华夏诗词》2010 年第 4 期。

观街边笼上鸟作 ^①

望断云天心已灰，半生都被布包围。

双翎凋落髀多肉，便出樊笼也不飞。

登金溪县锦绣塔

暂避燎人暑气蒸，相携诗友到高层。

常居只是低平地，一到云中便不胜。

湘游中寄去非

知我云游欲向西，频将短信问行期。

名山只顾长留客，费尽洞庭无限思。

与诸友泛舟象湖

云天漠漠柳婆娑，觅得佳朋泛碧波。

几处沉鱼秋梦破，纷纷出水看青娥。

---

① 原刊于《华夏诗词》2010 年第 4 期。

初冬见蜜蜂采菊花 ①

小阳春暖出南山，舒翅风中应已闲。

一簇篱边陶令菊，又教沉重抱香还。

上网十年口占

网海悠游整十年，初逢人已渺如烟。

当时多少新鲜事，一一飘然到眼前。

媒体报道"犀利哥"有作 ②

浪迹江湖岁月多，更新衣带又如何？

从无散木支梁栋，顽石安能变玉珂。

蜀口洲古渡 ③

平畴风过鸟啾啾，岸柳低垂翠欲流。

帆影已随江水逝，渡头留与后人游。

① 原刊于《中国诗词月刊》2010 年第 12 期。

② 原刊于《诗词月刊》2011 年第 5 期。

③ 原刊于《诗词百家》2011 年第 6 期。

抗战时浙大西迁泰和遗址 [①]

半壁河山染劫灰，文军西出远重围。

清泠一片澄江水，曾浣三千学子衣。

受聘庐山诗词联学会顾问

平生自分一樗材，混迹诗坛愧友侪。

看碧成朱王主席，钻皮竟使出尘埃。

姑塘海关炮台遗址三绝句

一

丘小坡斜据水隈，残砖断壁没蒿莱。

山花不解兴亡事，犹向基边寂寂开。

二

裂岸凶涛早已平，风清日丽草青青。

湖鸥若有百年寿，应记当年杀伐声。

---

① 原刊于《诗词百家》2011年第6期。

三

百年兴盛了何时，手抚残碑感不支。

湖上烟波仍浩淼，欧风楼宇渐倾危。

校园红杜鹃盛开间有白色

万里东风着物新，满园红艳共烧春。

任它一片红成海，尚有一枝清白身。

元夜

飞天焰火照团圞，五色花开到夜阑。

销尽人间枪炮药，寰球从此享平安。

庐山三峡涧纪游

九奇五老上摩天，涧碧松青栖古贤。

小径寻幽添别趣，野莓解渴忆童年。

问病

巨惊六月覆重衾，不敌风寒二竖侵。
老大病中犹念父，红尘何处慰孤心。

游石门涧

假日寻幽过此门，登梯百丈访云根。
喧豗瀑布破山色，悬索桥头人已昏。

丰城罗山寻瀑未果

为感朋侪摹画真，披荆斩棘觅风神。
奈何一似娇娇女，躲进深闺不许亲。

京城三绝句

一、重过天安门

二十年前过此门，阶前碑侧认新痕。
重来已是花如锦，更与何人说断魂。

二、初见江南雨

总忆论坛相惜时，识荆已是十年迟。

感君宥我疏前事，只是谦谦一笑之。

三、重游北海公园

青荷拂水晚风柔，记取当年作胜游。

岸柳已空身一半，怎教人不鬓如秋。

失题二首

一

水秀山清远世尘，六朝名刹尽游人。

一怀心事谁如我，不览风光不拜神。

二

去意难回别路车，桥头一过即天涯。

独行留影明河里，权作分身向酒家。

辛亥革命百年祭

天下滔滔奋举戈，龙襄神助战邪魔。

英雄颈血流何处，犹在年年说共和。

咏钱 ①

使鬼通神不怕多，英雄无奈半分何。

纵然贯朽堆如积，一样穷搜到普罗。

壬辰元日三叠杜华平诗韵

一

陈年好酒现开封，万福千祥一盏中。

屋外谁填春脚印，长空待看脱鳞龙。

二

相不当侯怎受封，半生俯仰世尘中。

得珠每羡人高手，惭愧当年共探龙。

---

① 原刊于《中国诗词月刊》2012 年第 3 期。

三

温和惯是借冰封，人愤青兮我愤中。

参破定庵祈世乱，何时得见出云龙。

新车初驾 [①]

一路惊心试手初，颠簸踔掉感何如？

虽非宝马能汗血，毕竟冯谖出有车。

送向闲赴庐山讲课

五台联对笔如椽，又向南山设讲筵。

马驽难为骐骥跃，仰贤许我一挥鞭。

杭州四绝句

一

远观夕照近闻莺，绿柳依依映水清。

多少芳踪觅无处，独君何故占西泠。

---

① 原刊于《诗潮》2015年第11期。

二

又到西泠看水云，苏堤黄叶落纷纷。

湖山灵气涵嘉木，便是萧萧也不群。

三

曾记西湖濯碧波，重来一路感如何。

平居只道乡音软，终让吴侬软更多。

四

问遍青年与老人，风波亭竟未知闻。

不因一场风波恶，未必西湖有岳坟。

梅关口占①

一路驰驱尽向南，千山阅罢叩雄关。

徐行古道生幽思，拾得青梅几粒还。

---

① 原刊于《中国诗词月刊》2014 年第 11 期。

叠前韵

自别岳阳心向南，终偕吟友访梅关。

平居又得清游趣，绝岭风光一抱还。

居庸关

层层叠叠垒云台，雉堞依山迤逦开。

莫向雄关夸第一，几多白骨没蒿莱。

灞桥 ①

梦里长安信马驰，秦娥惜别五陵儿。

青青一片灞桥柳，不为行人少半枝？

茂陵 ②

莫怨开边战事频，黄沙白骨累相因。

情知封树须多土，岂是君王不爱民。

---

① 原刊于《海内外当代诗词选》。

② 原刊于《诗潮》2015年第11期。

曲江池

樱桃流饮赋新词，仙籍题名天下知。
小住长安谁似我，池边独忆盛唐时。

华清池

温泉一眼本寻常，不过曾经沐帝王。
为有诗人相鼓噪，临池更觉水流香。

睡莲

约得芙蕖远世尘，朝开暮合养精神。
连衣裙下柔无骨，一枕清波睡美人。

尖岩山

古木参天一万株，石阶小路漫萦纡。
有峰如笔真堪握，绘出花垣好画图。

长寿泉

甘冽清凉别味醇，不枯不溢信如神。

天公欲解生民渴，酿出琼浆度世人。

冷热洞

冬避严寒夏纳凉，神奇一洞誉三湘。

世情冷暖天知晓，故造华堂任躲藏。

纪念全面抗战爆发 77 周年

天下纷纷奋举戈，龙襄神助战邪魔。

英雄颈血肥沃土，忆及艰危老泪多。

重庆綦江区景区二绝句

一、丁山湖

湖上春波山映绿，林中枫叶鸟啼红。

蓬莱仙岛巢龙凤，四季风光各不同。

二、白云观

排云驾鹤是何人，穿径金牛未了因。

烟浓丹井清凉界，垂地长松似拂尘。

秋声

雁唳长空一字还，蛩音零落万千般。

窗前桐叶怜萧瑟，总被西风片片删。

南京明城墙二首

一

风磨雨洗历沧桑，屹立名山秀水旁。

巢得秦淮旧莺燕，于无人处说兴亡。

二

百里高城依旧在，千年王气已沉埋。

多情最是秦淮月，夜夜穿林照碧阶。

万杉寺二首

一^①

细数灵杉应万株，山南又现好浮图。

丛林叶密如天幕，遮得红尘半点无。

二

科头跣足忆当初，深植精耕一万株。

不是弥天新雨露，安能枝叶碧扶疏。

上栗张国焘故居^②

屋圮残垣在，当春草不华。

坑洼满场圃，犹驻去来车。

宜春明月国学书院

栉比洋房小径深，谁于此处挽沉沦。

欲知化雨生成力，且看庭前一片春。

---

① 原刊于《昆仑诗词》2015 年第 3 期，题为《万杉寺》。

② 原刊于《诗词》报 2015 年第 9 期。

刘世南先生赋吾班毕业三十周年集会绝句奉步原韵二首

一

不知镇日为谁忙，可叹昏昏本尽荒。

三十年来何所事，愧无一术可登堂。

二

曾记当年授业忙，几番心语诚嬉荒。

煌煌一部清诗史，更筑南楼问字堂。

再叠前韵自遣二首

一

常将冷眼看人忙，顾自悠游观四荒。

心既不甘沉禄鬼，栖身只合向瓢堂。

二

劳身莫看总忙忙，信有心神骛八荒。

云外钟声清到耳，井烟浓处访霞堂。

巢湖二首

一

浩淼烟波远接天，千帧图画紧相连。

人生若得焦湖老，胜作蓬莱岛上仙。

二

覆地涵天气势雄，碧波倒映庙墙红。

神龙入海惊回首，一颗明珠落皖中。

姥山岛

惯听湖鸥伴棹歌，云飞涛走任消磨。

清宵独对天边月，万种风情委碧波。

时事二题

一

忍挥血泪向苍茫，流水不平声自扬。

莫道销完世间铁，追魂尚有射钉枪。

二

訇然一霎鬼门开，七十多人就地埋。

风朗气清冬正好，这回总不是天灾。

八里湖晚归

新区胜概影依稀，踏浪湖中尽兴归。

不为风高收雪翅，沙鸥送客伴船飞。

赴广丰路上

禊会年年趁好风，轻车一路尽朝东。

山光草色欲何往，都在茫茫雨雾中。

铜钹山道中

取次丹岩乱迭中，风光不与故乡同。

新枝得雨青千尺，撂下山花寂寞红。

广丰白花岩

岩头草木接云天，一望一回凋客颜。

为有泥沙堆绝壁，信它沧海可桑田。

广丰红军岩

危崖壁立势连空，莫怪枝头鸟绝踪。

一十八人倾命后，至今谷底响悲风。

暮春访白居易草堂旧址

啼鸟声声草木香，山深曾卧紫薇郎。

江州合是埋愁地，何必青衫滴泪长。

谒黄侃墓 ①

长途罔顾雨连天，一捧心香献墓前。

欲起先生问声韵，不知何处酒家眠。

---

① 原刊于《诗词》报 2019 年第 2 期。

见蕲春遍种艾草戏题 ^①

茎粗叶茂及天长，遍种田间与路旁。

占得蕲人无限宠，遂教兰蕙不芬芳。

游蕲春仙人湖

四面青山雾锁峰，轻舟载我觅仙踪。

几番风雨惊心后，回首沧波一万重。

莲花县花塘官厅 ^②

深院高墙叹未经，恢宏气度冠琴亭。

谁知白瓦青砖里，顶戴翻成五角星。

集句拟题二首

一 ^③

来是空言去绝踪，杖藜扶我过桥东。

青霄有路终须到，会向瑶台月下逢。

---

① 原刊于《中华诗词》2019 年第 4 期。

② 原刊于《诗词》报 2019 年第 2 期。

③ 依次集自李商隐《无题》、僧志南《绝句》、王实甫《西厢记》、李白《清平调》。

一 ①

城上斜阳画角哀，飞烟缥缈拂楼台。

一春鱼鸟无消息，欲睡朦胧入梦来。

栗江公园眺望 ②

楼台十万草萋萋，雾里杨岐望眼迷。

何处飞来翔日鸟，清声啼向栗江西。

芦溪龙舟赛

潋滟波光照翠微，芦溪河上雨霏霏。

一声鼙鼓风云动，双箭离弦贴水飞。

梵净山珙桐花

奇花开在武陵峰，耀眼瑶姿迥不同。

万绿丛中栖白鸽，风来展翅欲腾空。

---

① 依次集自陆游《沈园》、宋白《宫词》、无民氏《鹧鸪天》、李煜《采桑子》。

② 公园小山上有凤凰雕塑。

华平兄示刘师世南先生二绝句依韵奉和

一

螺川霞照寄深情，白鹭浮江远市声。

梦里几回归故里，家山日向眼前明。

二

年近期颐自起居，学坛攘攘看谁如。

先生何必伤迟暮，一觉须应到化胥。

庚子上元集句 [①]

落梅横笛共余悲，欲避危机已太迟。

万户千门皆寂寂，无人知是上元时。

所喜

风雨高楼困楚囚，一春断绝旧交游。

幸余网络无冠毒，好作平台供唱酬。

---

① 依次集自欧阳修《柳》、罗与之《动后》、李德裕《长安秋夜》、刘辰翁《踏莎行》。

叠前韵

为避瘟君只自囚，等闲误却水云游。

去年许的春风愿，岂料今年不可酬。

夜雪

向来物候不关心，莫问枝头几许春。

况是江城风雪夜，十天都未下楼人。

江右作业庚子伤春二首

一

鸟啭新声绿映台，去年冠盖几曾来。

玉兰不解人间事，犹向空园次第开。

二 ①

通衢镇日断人行，店肆关张绝市声。

惟有门前春树上，鸠啼雀语最分明。

---

① 原刊于《当代诗词》2022 年第 3 期，题为《庚子伤春》。

江上寄去非二首

一

汇流巨浸浪千堆，濯足濯缨何费猜。

为有诗人藻清节，澄波一脉洞庭来。

二

洞庭云水育高才，锦绣文章信手裁。

诗酒风流犹未足，偶将雀戏解颐腮。

约游维扬去非先至

相约维扬向晚春，奈何不放等闲身。

羡他湘楚风骚客，已作二分明月人。

叠前韵戏寄去非

瘦西湖上度芳春，不肯须臾稍憩身。

料得已将治经眼，饱看月下卷帘人。

过维扬

几番诗里识维扬，风自轻柔水泛香。

能对烟花谋一醉，何须看取利名场。

即景

落花成阵柳眉开，园草生鲜绿映台。

最是春光藏不住，隔墙递过碧枝来。

登平山堂

平山堂上又春风，迤逦登临拜此翁。

太息文章千载远，烟霞万丈有谁同？

扬州二十四桥 [①]

梦里千回廿四桥，日看红药夜听箫。

何堪昔日烟花地，只剩湖波映柳条。

① 原刊于《中华辞赋》2022 年第 4 期。

别维扬

匆匆一日去如飞，细品维扬愿暂违。
廿载放言犹在耳，西湖何瘦我何肥。[①]

玄武湖边

风云变幻有余哀，伫立湖边四望开。
人事恰如玄武水，一波未了一波来。

崇正书院

清凉山上好楼台，金碧千层远积埃。
为有贤能开讲席，应教樗木作良材。

鸡鸣寺

宝刹楼台三十座，鸡笼云树几千秋。
人间若有出尘径，安得胭脂井上留。

---

① 曾发誓细品扬州，今一日匆匆而过，吾食言而肥矣。

明孝陵

林花柳絮落缤纷，翁仲分行护帝坟。

为有功成终享国，松风翻作鼓鼙闻。

栖霞山

六朝胜迹渐成空，节物方今迥不同。

枫叶漫山燃似火，何须秋后始飘红。

南京别后有赠

放言人老已无情，谈笑当时一羽轻。

讵料匆匆离别后，看墙都是石头城。

登北固楼^①

山川形势镇吴关，占断东南天地宽。

万顷波涛倾向海，行人到此怯凭栏。

---

① 原刊于《中华辞赋》2022 年第 4 期。

焦山 ①

嶙峋巨石出重霄，壁立中流破寂寥。

纵是惊涛撕岸裂，巍巍犹压海门潮。

登梵净山不果

黔中净土远尘埃，三月聚粮乘兴来。

料是佛心修未到，山门不向俗人开。

重观蜀口古樟距前次十一年矣

南来寻觅旧枝柯，万绿丛中取次过。

十一年轮堪细数，树犹如此奈人何。

宜春禅农庄园

树上菩提果，棚中彼岸花。

禅农成一体，惠济及千家。

① 原刊于《中华诗词》2022 年第 5 期。

惜春 ①

李白桃红看未真，西飞东散怨风神。

经行莫把枝摇动，恐惹余花落一身。

省图书馆校对古籍 ②

百里驱驰细校书，蝇头小字看模糊。

蠹虫他日应有语：亥豕鲁鱼滋味殊。

观樟树落叶作 ③

一

万木枯黄独翠青，漫天霜雪拒还迎。

一冬力战终憔悴，零落春风不可听。

二

商声一起各披离，唯有香樟尚独支。

莫以刚强能久远，青青只是未衰时。

①　原刊于《中华诗词》2012 年第 3 期。

②　原刊于《华夏诗词》2010 年第 4 期。

③　原刊于《中华诗词》2010 年第 7 期。

第二辑——律诗

游灵山①

投闲今向洞天来，跃上巉岩眼界开。

十万风回消溽暑，三千松动净尘埃。

象形石过陶钧手，睡美人惊绝世材。

栈道环行深一望，饶西是处好楼台。

同诸友谒稼轩墓齐诵《破阵子》②

词人寿域掩繁荫，神道蜿蜒宿草深。

种树营生虽惨淡，点兵意志未消沉。

千金书剑飘零骨，一捧河山破碎心。

解作停云新格调，远来诸子约同吟。

逸仙莲

玉骨冰肌满画屏，琼苞展蕊散幽馨。

清波濯出倾城色，翠盖张开绝世形。

纵是风前随俯仰，依然水面立娉婷。

红尘守得初心在，好共中山说性灵。

① 原刊于《中华诗词》2021 年第 1 期。

② 原刊于《当代诗词》2022 年第 3 期。

次今是昨非斋岳阳年会迎客诗韵

春风春雨总怡情，更润千声百啭莺。

屈子祠前参醒醉，岳阳楼上览阴晴。

吟诗拟效洞庭客，把臂但交文字盟。

忧乐襟怀虽旷达，奢谈徒笑一书生。

渔歌等来浔分得"昏"字

小聚东门外，天低日色昏。

喜迎新旧雨，不废往来言。

记念思千缕，相逢酒一尊。

秋风如有意，替我送王孙。

访长沙贾谊故居①

小街逶迤路灯红，楚客幽居伫晚风。

满腹文才名器重，三年贬谪仕途穷。

离京对策妨周勃，谏铸文章恨邓通。

纵是纯良安治略，经纶岂可损元功。

---

① 原刊于《中州诗词》2011 年第 1 期。

谒岳王庙 ①

直捣黄龙事若何，临安殿里诡云多。

父儿遗恨冤三字，狐兔横行乱两河。

南渡君臣惊铁骑，西泠风雨泣铜驼。

金牌十二终难敌，枉费英雄夜枕戈。

吊苏小小墓 ②

色艺骄人运命乖，郎君娇客去还来。

凤箫声按朱唇启，画舫影随碧浪开。

有幸湖山埋艳骨，无边风月慕清才。

千年后我临亭立，一笑平生事事哀。

午梦

秋昼凉侵席，风清斗室尘。

醉依棉抱枕，犹拥竹夫人。

鸾凤高天界，仙舟野岸津。

鸣蝉恨惊觉，回视等闲身。

---

① 首届中国百诗百联大赛优秀奖作品。

② 原刊于《诗词界》第二辑。

重来 ①

重来恰是断魂天，岸柳蓬蒿似去年。

剩有牢愁充我腹，已无言语诉君前。

熏风习习催新绿，碧水绵绵证旧缘。

记得放身青野里，曲肱同枕落花眠。

咏象棋

拱兵架炮各从容，抢占先机不放松。

扼守纵横车捭阖，偷窥左右马玲珑。

手中计是心中计，枰上风为世上风。

士相斜行无体统，贪生将帅坐中宫。

仲秋漫笔 ②

剪树西风暗暗生，层楼寥落晚空明。

林鸠断续啼新雨，黄叶缤纷落旧城。

万虑都随秋色老，一身略似转篷轻。

惊心最是如霜露，伫立阶前不敢行。

---

① 原刊于《文化月刊·诗词版》2006 年第 7 期。

② 原刊于《诗潮》2015 年第 11 期。

故乡漫成 ^①

南出浔阳路转西，山围村舍树高低。

春来野径迷芳草，雨过横塘涨曲溪。

暮月催沉羲氏日，晴窗啼破祖生鸡。

萍踪一驻相思地，便把风光着意题。

湘行

几回梦里到潇湘，今日从游喜欲狂。

橘子洲平承细雨，九嶷峰耸别斜阳。

有情斑竹皆含泪，无处青山不帝王。

圣地神游忘远近，归来灯火总昏黄。

戏题毛笔

丁兴族旺福绵长，些小身躯百样妆。

灯下纵横分黑白，墙头涂抹乱红黄。

铺山细竹殳千顷，颂世康歌谱几章。

若近无常生死薄，勾魂胜过快刀枪。

---

① 原刊于《海内外当代诗词选》。

远游

平生最爱觅芳华，为觅芳华数转车。

红藕不因朝雨湿，青山总被夕阳遮。

一窗星斗风吹落，半塔浮云月照斜。

羁旅光阴容易过，催眠曲里辨虫蛙。

小桥晚立

几番秋雨洗尘埃，小立新桥望眼开。

踊跃铅云遮霁月，迷离灯火暗楼台。

半身飞露寒难禁，满耳吟虫意似哀。

如此风光安可失，明朝酒后且重来。

遣怀

浅斟低唱老书丛，门外何妨卷地风。

且乐衣衫霜染白，不求顶戴血翻红。

坐驰心海三千里，卧看晴云一万重。

自定今生尘外客，仁山智水步从容。

国庆五十周年草吟 ①

风雨征程五十年，寒冬过后百花妍。

千间广厦连云起，万里嘉禾带露眠。

丽句清词吟舜日，轻歌曼舞乐尧天。

武城已至蓬莱远，担重还须任铁肩。

遣怀

独坐寒斋看雨稠，微风送过鸟啾啾。

尘心未绕功名转，木脑唯从意识流。

在有人时理仪表，于无字处读春秋。

他年寻得垂杨岸，也占清阴卧小舟。

山村即景

又是人间四月天，黄花寥落紫花妍。

房前再舞玄衣燕，水底初生白玉莲。

细雨轻摇坡上竹，小牛学耖垄头田。

风裁岚雾成丝带，飘向青山那一边。

---

① 原刊于《江西诗词》1999 年第 2 期。

回乡偶忆

木莲垂古树，曲径石生苔。

野旷萤飞火，夜阑鸟宿槐。

风吹荷叶舞，露滴野花开。

忆昔谁如我，徘徊晒谷台。

偶感

三十余年似水行，流沙过石静无声。

乌丝不为芳才落，白眼常因竖子横。

对月哦诗倾美酒，当炉接水煮芹羹。

闲来细看蜗牛角，万丈硝烟正斗争。

送宗兄奇瑞赴菲律宾任教①

化雨春风拂面吹，匡山奉砚紧相随。

陶朱难显真颜色，音韵实为大课题。

解字喜从清段注，说文爱引汉毛诗。

如今万里设坛去，学有疑难暂问谁？

---

① 兄治小学，曾下海有年。

寄徐增产吟长

潇洒吟哦路，珠随咳吐生。

境开秋月朗，韵入晚风清。

晓畅追元白，精严想杜陵。

似斟廿年酒，如听啭黄莺。

秋兴

虽觉燎身暑气收，凄凉意绪却如绸。

残灯隐约虫鸣草，冷露熹微月转楼。

怕向长天闻雁唳，偏从永夜看云流。

鬓成两色肠成结，拍遍窗栏类楚囚。

无题

百劫红尘有是非，楚王台畔竟相违。

输他覆雨翻云手，掩我张风待月扉。

剩有万千丝缱绻，岂无三五梦依稀。

井绳幻作杯弓影，惭愧江州一布衣。

叠前韵

何故今冬百感非，年来运舛事多违。

心经万象成孤客，腹饱三餐老旧扉。

诗笔因循新句少，言谈木讷故人稀。

寒霜未至周身冷，遍检箱中百衲衣。

金水兄以诗书扇面见赠

为怜茅舍过荒凉，万里裁诗付雁行。

流水行云知笔健，真词切意觉心长。

晴窗照影龙蛇动，夜壁生辉鸾凤翔。

一扇犹能疗俗眼，猖狂处世便何妨。

代赠

春江一曲水迷朦，携手城郊游兴浓。

云影飞来波底黑，桃花开向脸边红。

频将诗事和情事，问与蓑翁及钓翁。

失路惊鸿思旧雨，山盟虽在信相通。

忆昔

踏遍山乡百鸟啼，拥林荆棘与人齐。

重霄露下苍苔滑，层岭风来翠叶低。

长索牵牛灰画线，圆荷遮雨绿蓑衣。

欲寻旧景村头立，惟见蜻蜓自在飞。

咏猴

清酒蟠桃得便尝，山中无虎就称王。

天生品性虽顽劣，别样衣冠也大方。

进化不如人类快，攀缘却比狸狌强。

惑他暮四朝三术，枉有精明瘦脸庞。

和一得先生《四十初度》

萧斋无计度芳春，四十年华感不禁。

烟酒难消新块垒，容颜早失旧精神。

莫愁鬓发稀兼白，且喜交游老更亲。

曾笑邻翁成极品，如今我亦品中人。

赠人

应怜沥血剖心肝，几度书函不敢看。

非是无情同草木，也曾着意觅芝兰。

山关阻隔君何苦，萍水相逢我大难。

窗外一声行不得，屏前人已泪阑干。①

再至瑞昌

小城一别十年余，再到无从觅旧居。

丛簇危房升广厦，蜿蜒陋巷变通衢。

霓虹入夜灯飞瀑，乔木参天鸟宿梧。

料是天公多雨露，满街花草碧扶疏。

步金水《乞假》原韵

天南地北喜联欢，古韵新声错杂弹。

岂为音符生别调，任凭沙影射微澜。

屏中虬字捉难尽，腹内诗情抒未阑。

更有殷勤兄弟在，乞君再莫说投竿。

① 鹧鸪啼声似"行不得也哥哥"。

毕业二十周年赣州聚会归来作

一别音容二十年，重逢已是半华颠。

我持美酒敬师友，谁把真情付管弦。

堕泪人伤分手日，游山客喜赏心泉。

归来即盼卅年约，回首南天隔暮烟。

杂感 ^①

九曲肠回只自怜，萧萧斑鬓立风前。

青山入眼虚图画，往事伤心幻盗泉。

绿蚁新浮堪足醉，金蟾半蚀不成眠。

从今闭置如新妇，羞向旁人说大千。

步悠然泓端午怀屈原韵

路失千遭求上下，兰滋九畹感炎凉。

离多最怨灵修暗，耽久翻疑萧艾香。

新贵欣然弹冠盖，草民犹自饮雄黄。

郢门终是巢狐兔，更请何人赋国殇。

---

① 　原刊于《诗词》报 2004 年第 23 期。

羁旅 [①]

一襟残照起乡思，放眼云天鸥鸟驰。

万象缤纷堪作主，十分期待竟如痴。

心存热爱与谁说，骨被寒侵不自知。

莫在词中轻赋别，太平争似乱离时。

贺红叶新婚

摽梅如意上皇城，老友欣闻喜不胜。

雨润迎来蛛蟀现，云祥引得凤凰鸣。

芙蓉帐里前生约，琴瑟声中旷世情。

君尽辛勤耕北国，江南父老等添丁。

与金水一得眉子江边小酌"眉"韵留别 [②]

浔阳江畔夜迷离，旧雨新交酒一卮。

水漾柔风吹醉眼，灯辉彩色照蛾眉。

心神总似波摇动，眉目还随月转移。

明日送人成两别，不知再会更何期。

---

① 原刊于《文化月刊·诗词版》2006年第7期。

② 原刊于《鸿雪诗刊》2006年第6期。

陪金水一得游庐山晕车

正是江南烂漫秋，投鞭下拜更从游。

路回百转摧肠裂，树染千红醒倦眸。

心乐如看青稻熟，身轻恰似白云浮。

热情恐为愁眉减，不想开言勉启喉。

十年

历尽艰难肯自怜，登床犹是倒头眠。

江边偶饮忘情水，手上难离解闷烟。

量小最烦人劝酒，囊空不怕贼偷钱。

探怀谁化前生劫，回首匆匆已十年。

岁末寄金水京城

题凤诗耆识面真，曾牵鞍马扫秋尘。

终消数载相如渴，怎奈今生仲蔚贫。

漫道花多能养眼，须防酒烈可伤身。

何当风起和云翥，送我京都拜隐沦。

独坐

窗外寒风吹雨狂，屏前坐久透心凉。

香烟不解无名闷，冷气犹穿合缝墙。

偶向书橱翻旧典，闲看网络捧徐娘。

年来大抵皆如此，一任旁人说短长。

下元节寿鄱湖渔歌五八初度

虚龄称甲子，初度值霜天。

沧海帆方满，瑶池月正圆。

逍遥知鹤性，淡泊占松年。

准拟期颐约，霞杯醉寿筵。

与渔歌草啸东华天堂游长春湖限"茶"韵

舌绘宏图何足夸，西郊招我享清嘉。

树删黄叶山含肃，陇隐青芜地蕴华。

残蕊深闻识丹桂，寒枝细究辨油茶。

纵言此水通河汉，风冷时迟不泛槎。

赋得岁末寄怀限"冬"韵

一年不觉又隆冬，万木萧疏带病容。
霜压依稀残菊在，风催冷落壮心慵。
生涯蹇促空弹铗，人事消磨欲挂笭。
只合屏中调旧友，且将瓦缶乱黄钟。

新年试笔步金水《雪中小酌》韵

检点流光耐絮烦，蛮笺试写接新元。
课人事业真燃烛，爬格生涯略避藩。
桌上方城昏两目，屏中戏语浪千言。
湖山了却渔樵事，晒背墙头谢日暄。

携女儿应武大自主招生试

武大开科选凤龙，飞轮再沐楚天风。
十年欲破青灯壁，夤夜无忘题海功。
好马遥知空冀北，英才应是聚华中。
榜名纵落孙山后，也向人前一试锋。

重游黄鹤楼

细雨江城觅旧踪，重来极目楚天空。

楼高不见人骑鹤，雾薄频传客撞钟。

我未题诗良有以，白难绘景实无从。①

何时借得生花笔，铺采摛文寄兴浓。

迎春词

秀阁佳人换黛钗，惜花心意久沉埋。

荒枝负尽南山景，细雨催生后坎苔。

桌上历书更岁月，枕边旧梦到蓬莱。

天涯信有忘归客，寄语东君为我催。

哭祖母

不堪病榻久缠绵，大限谁知是此天。

只顾稻粱谋在外，未持汤药侍于前。

如今进屋惟遗像，日后伤情必墓田。

念祖虽常噙浊泪，何曾一滴到黄泉。

---

① 白：李白。

七夕 ①

凝眸人独立，不惧晚寒侵。

王母头簪落，天孙泪雨霖。

银河仙浪急，金殿帝恩深。

纵有千般巧，难消此夜心。

送女儿赴武大求学

担笈辞亲父也曾，今朝送汝意纵横。

闱中得意夸年少，学里当心负令名。

时异虽无孙子雪，夜清可捉尚书萤。②

江城多有凌云阁，揽景须登最上层。

西风

萧瑟声从天外至，秋灰出管染林榛。

浮瓜节气因趋冷，着锦河山渐返真。

芳草有心悲落叶，美人无计避飞尘。

既缘墙壁摧檐铁，更打黄花寂寞身。

---

① 原刊于《中华诗词》2008 年第 2 期。

② 孙子雪、尚书萤：囊萤映雪典。

与渔歌东华剑川抱月华仔悠然泓登锁江楼琵琶亭相约"尤"韵

负手向高楼，晴光四望收。

云中南北鸟，水上往来舟。

岸草惊初折，江风晚更柔。

归来斟浊酒，同醉好凉秋。

读陶

公本弦歌者，超然薄利名。[1]

东篱欣采菊，南亩事躬耕。

心淡闲云远，诗醇意气平。

止行滋后学，万世仰高情。

丁亥九日登庐山用小杜《九日齐山登高》韵

凄戚虫沙伴叶飞，商风戕物术精微。[2]

芳华布地徐徐尽，鸿雁犁天急急归。

妒日青云阴九派，吞吴白浪泛千晖。

崖前丹桂怜萧瑟，犹遣残香染客衣。

---

[1] 弦歌：指代县令，典出《论语》。

[2] 商风：秋日之风。

吊濂溪墓

公余难得闲情致，好趁秋凉谒墓墟。

亭阁参差池水静，松樟苍郁院桥孤。

一生节寄爱莲说，千古名成太极图。

左祸未能湮脉派，相传薪火看今儒。

次东遨熊先生韵

几番加减等于零，枉费通宵眼角青。

失意王孙辞旧阙，过江遗老泣新亭。

难堪一副牵机药，检点千年相鹤经。

行雨行云安可料，逃名之际更逃形。

嫦娥 ①

太息当年窃药奔，宵宵空守广寒门。

琼楼颙望星云暗，玉宇消磨日月昏。

纵使情怀柔似水，何堪风露落无痕。

故乡惊响飞天箭，可搭灵槎远帝阍。

---

① 原刊于《中国诗词月刊》2011 年第 3 期。

除夕

锦鲤雄鸡献社公，烟花次第耀寒空。

香樟枝上冰高结，土屋堂中火正红。

岁守零时依旧习，酒斟三盏祝新丰。

久居城市清寥惯，倍觉农家节味浓。

红叶返京途中先至向闲处寻之恰逢向兄生日

罕见江南雪一场，寻君再度过卢郎。

市中大隐欢留客，网上知交频举觞。

黄犬幽居添异趣，清茶烟墨共飘香。

开年有幸逢华诞，拜祝东家福寿长。

春山

和同节令气当阳，领受生机味渐长。

时雨滋心花吐艳，熏风拂面草生香。

信传云外啼青鸟，影独林间耀紫棠。

待到律回秋万点，枝枝叶叶又飞霜。

戏为"尖"韵拟赠

花月窥窗鸟探帘，撩人最是指尖尖。

三围尺寸玲珑透，一袭衣裙束带严。

莲步轻摇差似跌，舌津回转欲分甜。

初苞沐得巫山雨，不待浓香粉露沾。

踏青

褪去冬衣早，寻春陌上迟。

鸠鸣新旧友，蝶演去来姿。

迷眼花千片，开心柳万枝。

浮华消散后，大地尽葳蕤。

暮春漫兴[①]

水色天光半晦明，南山高与暮云平。

春寒不似冬寒冽，院草犹如野草生。

满地落花风打劫，一帘碎影月多情。

抬头试问南来雁，未踏归途有几成。

---

① 原刊于《诗词月刊》2008年第9期。

适逢评估未克与江右年会次山谷《登快阁》韵

上国钦差碍我行，春深禹迹杂阴晴。

合知龙跃风云动，应料花飞眼目明。

绪未安澜心起伏，才无吞鸟意纵横。

诸君不惧浔阳僻，且缔明年把臂盟。

菊花

高怀劲节任霜欺，耻与群花共享时。

色淡三分因爱少，香涵九月故开迟。

西风独立伊如我，尘世优游我似伊。

采得芳枝怀抱满，不教一刻惹相思。

雨

潇潇坠瓦复飘茵，润泽生灵洗俗尘。

花叶翻飞新态度，河山改变旧精神。

思亲永夜巴山麓，送客平明楚水滨。

一滴秋桐声最苦，西宫扶出白头人。

同居庸江右诸子饮至夜深别归^①

离席推盘清酒帐，几人扶醉出云梯。

情无隔阂襟怀敞，语带机锋佛道齐。

夜露飘街身似幻，秋灯射树眼如迷。

临歧握别三声笑，一脉江流似虎溪。

奉和仁瑞大兄《悬车自寿》二首

一

书道诗章细琢磨，夕阳如锦好高歌。

瀼溪放目风神朗，骚雅潜心乐趣多。

过隙光阴驰白马，巡天日月荡金梭。

百年谁厌声名重，莫说秋怀老不波。

二

平生歌哭岂无端，为有春心一寸丹。

愤世孤标分厚薄，独行特立傲炎寒。

珠沉玉重磨雕苦，李栋桃梁灌育难。

协韵敲声消晚岁，风前月下自盘桓。

---

① 原刊于《诗词界》第二辑，整理时文字略有改动。

自题

镇日之乎者也哉，黄牛当马恨非材。

音分今古徐徐切，义别流源细细推。

养气止于安静室，游心不过立高台。

闲来爱步林阴路，文理诗思漫剪裁。

大年三十登武山 ①

不理年关事，披荆觅旧踪。

游心山石异，极目楚天空。

树倚云松翠，花攀燕子红。

归来斟美酒，笑语祝年丰。

陈寿桃老师惠茶

莫惊天不夜，清友出云林。 ②

只合谷帘水，来烹素雪心。 ③

香浓侵肺腑，叶阔信浮沉。

一盏消尘虑，晴窗供远岑。

---

① 原刊于《诗词世界》2009 年第 3 期。

② 清友：茶雅号"清友"，亦名"不夜侯"。

③ 谷帘：指庐山谷帘泉。

失题二首

一

毕竟星眸百丈深，清辉落处杳难寻。

蓬山万叠空流盼，乱梦千回枉破心。

碧水湖浮联袂影，黄金屋隐合欢衾。

情知命薄如秋扇，乃惜相逢一寸阴。

二

素柬飞来百感生，多情兀自恨无情。

云烟燃指烧孤独，冷语伤心满画屏。

浅笑轻颦依旧是，深怀丰韵不曾经。

一春乱梦凭谁说，忍看江头杨柳青。

赋得莫问长江水浅深五首

一

莫问长江水浅深，岸边花木已成林。

轮机不惧风波急，铁坝无忧鼠蚁侵。

明月东升铺锦绣，微云半落绕岩岑。

鸣鸠每应天晴雨，百尺楼头啭丽音。

二

萦怀最是故园心，莫问长江水浅深。

九派烟横腾野马，五湖云漫驻青禽。

犹存古道民风朴，初入名山客意忱。

更得神天施雨露，隔窗总听涨潮音。

三

蓦地升空落几寻，沙鸥不惧晓烟侵。

但看高峡云青白，莫问长江水浅深。

百战干戈沉瀚海，千年楼塔立花林。

红羊劫后河山老，梦里犹悬故国心。

四

街灯隐约众星沉，汽笛声来隔暮阴。

古井暗翻城外浪，小姑轻捣渡头砧。

能量大地土宽厚，莫问长江水浅深。

望里南山真可隐，松风几处奏鸣琴。

五

学府堂前读教箴，千年香火旺双林。

秋花对酒陶公节，洁蕊浮塘茂叔心。

云雨飘来峰隐迹，天风拂过树鸣琴。

畅游就向潮头立，莫问长江水浅深。

己丑年会雨中偕诗友谒濂溪墓限"莲"字

雨倾山野绿，人立墓碑前。

太极源无极，情天法性天。

通书几行字，学问一千年。

夫子传高致，花中只爱莲。

封闭编辑《庐山历代诗词全集》①

借得林泉避世尘，青灯黄卷更磨人。

云屏久视花双眼，玉键频敲痛一身。

虽有方家堪请益，奈无慧质倍劳神。

名山事业原非易，未敢滔滔说苦辛。

次杜华平游木瓜洞海会寺韵②

公余寄兴山南北，展臂林间作老猿。

古寺漫寻云里静，遗踪浅踏雨前昏。

见闻自伴游踪长，学问岂徒故纸翻。

摄取欢声与清景，归来再向笑中论。

---

① 原刊于《江西诗词》2009 年第 2 期。
② 原刊于《江西诗词》2009 年第 2 期。

作业翻写徐志摩《偶然》^①

半卷香帘壁照柔，他乡风景偶停留。

深杯蓄酒缨为绝，小盏分茶语未休。

系足既无三尺线，擦肩何必再回眸。

心中纵有千千结，莫上琼栏十二楼。

华仔来浔席间分得"桃"字

粗蔬佐酒语滔滔，兴与秋云一样高。

论古论今皆畅意，愤青愤老总徒劳。

翠华枉忆隋堤柳，红嫩徒嗟洞口桃。

应笑吾曹生太晚，合时不是此风骚。

次韵答风露中宵

欲杂诗坛侧，吟哦未有师。

风流心不泯，懵懂态多痴。

问学惭功浅，披文恨赏迟。

遗今何所道，网络结同知。

---

① 原刊于《诗刊》2010年第9期。

刘全铭招饮浪井茶楼

进屋人初暖，分茶看翠红。

一杯消浊气，数啜涤尘胸。

听雨层楼上，寻幽闹市中。

遍观熙攘客，此际更谁同？

次韵卧云仙子菊花诗

不惧霜风掠地侵，芳华一展到年深。

疏篱结伴由栖隐，狂士孤心费找寻。

但孕幽香无早晚，何怜瘦影暗消沉。

清吟自有知音在，潘鬓萧萧持酒临。

谢向兄惠茶

解消司马渴，可会陆仙神。

树老旗枪在，水清津舌新。

一杯香满室，数啜脸生春。

未肯专天物，分甘到野人。

除夕奉答亲友短信及贺岁诗[①]

迎春爆竹震高天，声伴知交短信传。

走笔属文描愿景，斟词酌句话团圆。

易为岁底流行语，难得人间锦绣篇。

甫接瑶章连夜和，不留诗债到明年。

春兴

绿柳初匀燕子斜，春风迢递漫咨嗟。

不知何处添新贵，每就书间泛旧槎。

有限陈言容易去，无边思绪最难爬。

劳心只在雕虫术，负尽江城二月花。

贺楚成兄诗词选集付梓

绍古开今堪自豪，公安一脉树旌旄。

城中巡视操吴钺，泽畔行吟赋楚骚。

纸贵江皋君有责，威加里巷贼难逃。

闲来纵目东湖上，直任诗心逐浪高。

---

① 原刊于《中华诗词》2010年第7期。

偶感 ①

未有清才对客夸，杏坛寄迹讨生涯。

几篇楮墨聊娱己，一点薪酬但养家。

闲借云屏消日月，旁观草泽走龙蛇。

倏然已是知天命，始信光阴不可赊。

才子

清明才子久离群，关闭家中著论文。

无考九丘和八索，不知五典与三坟。

虽然地写天能写，只是他云我亦云。

更得剪裁粘贴法，谁人业绩可如君。

塞车

塞车成阵乱嘈嘈，宾馆茶楼曰帝豪。

几户狗猫穿彩袄，满街男女染黄毛。

粉灯隐约人眠晚，酒帜分明客醉高。

更有参差洋号管，呜呜伴舞到通宵。

---

① 原刊于《诗刊》2010年第9期。

六月三日洪城小聚分得"灵"字

旧事随流水，新闻不忍听。

天风吹浩浩，日色隐冥冥。

国步待谁问，歌诗空性灵。

茅檐姑晒背，遮莫话朝廷。

宿抚州金山寺[1]

树杳僧房静，经声杂课钟。

木鱼催落月，铁马荡清风。

未有参禅意，莫言佛法空。

慧根原不具，骑虎且相从。

同渔歌东华梅云殊熠谒陆象山墓限"心"字

披草寻幽径，隔枝听鸟音。

碑铭风雨蚀，墓道藓苔侵。

学问因时异，机关著巧深。

如何穷此理，宇宙是吾心。[2]

---

① 原刊于《中国诗词月刊》2010年第8期。

② 《陆九渊集》卷二十二："宇宙便是吾心，吾心即是宇宙。"

同去非登岳阳楼时楼正修葺中 ①

巴陵胜状驰名久，人物风光迥不群。

潦倒孤舟杜工部，关情两字范希文。

愧无资格谈忧乐，喜共知交看水云。

他日掀开真面目，再倾杯酒奠湘君。

次向闲迎仰斋过访韵时余亦叨陪末座

袁州人瑞驭风来，忆昔闻名耳贯雷。

结社几年欣有主，聆言数度愧无才。

得亲耆宿精神爽，共说诗坛话匣开。

一盏清茶陪左右，杯盘未奉亦舒怀。

渔歌兜兜来席上分"子"字

是处秋阳美，西风卷云起。

关门避世尘，倒履迎君子。

岂与邺中同，差堪林下比。

连天语不休，品味如甘旨。

---

① 原刊于《中国诗词月刊》2010 年第 9 期。

丰城剑池 [①]

牛斗龙光灿，时清物什奇。

风和客谈剑，夜静雨催诗。

总把千年事，留于后世疑。

纵非真面目，亦足慰相思。

诗友小聚向闲家啖蟹分韵得"乎"字

浮华已使碧成朱，况是酸寒一犬儒。

弄墨舞文终做托，空名虚利不如无。

由人奋进思经济，任我徐行赏独孤。

幸有知交二三子，持螯把酒乐之乎。

漫成

弱冠即生颓废心，中年意志更消沉。

日高三丈犹亲枕，夜合周遭便拥衾。

事业由人争发达，歌诗任我漫哦吟。

惯经青白嗣宗眼，叹息何须海样深。

---

① 原刊于《诗词月刊》2010 年第 12 期。

失题

寻常节物渐尘封，过眼风光已不同。

老树新爬青薜荔，洄塘惊现病芙蓉。

猢狲有地称王霸，獬豸无方触狡虫。

如此生涯谁检讨，一回思想一回空。

庚寅初雪和浔阳友人韵 [①]

玉宇初飞六出花，山原一片洁无瑕。

巨惊棉被寒如铁，叵耐毛衣薄似纱。

破坏哪堪新脚印，坚强尚有老枝丫。

鄙人自享清闲福，晒背茅日檐影斜。

奉和向闲《与诸师友贺岁》

文章事业等鸿毛，哂笑由人一万遭。

捉句夜敲银键冷，看云日踏玉山高。

青衫久着心偏执，黑发难留首自搔。

天下滔滔皆是矣，生民何处哭萧曹。

① 原刊于《诗词百家》2011 年第 4 期。

步青衫泰和年会邀客诗韵 ①

一悉诗朋具酒邀，萧斋连日嫩寒销。

灵鸠唤友琉璃顶，宿莽张风伉倨腰。

舌下狂言明块垒，桌边身影老虫雕。

清江如带流春去，快阁东西好听潮。

吉安县文天祥纪念馆

庐陵雅集喜从游，放眼东城绿意稠。

题刻雕栏青石立，飞檐斗拱碧烟浮。

三年息隐消尘虑，万里驰驱担国忧。

节义文章昭日月，直教俎豆到千秋。

访泰和麻洲古樟林 ②

漫踏游屐白凤乡，麻洲樟古客牵肠。

林中探景人初至，树杪呼朋鸟正忙。

一径通幽添广阔，几株垂死味苍凉。

斧斤不至循天命，材与非材岂待量。

---

① 原刊于《中国诗词月刊》2011 年第 5 期。

② 原刊于《诗词百家》2011 年第 6 期。

应友人约再至抚州

声名远播古高州，二十年间几度游。

玉茗堂前勘绮梦，麻姑山下掬清流。

韶华莫废凌云笔，美景能消入骨愁。

寄语赣东同道友，好将丽句付吟讴。

上网十年

十年浪迹似江湖，趣味分明别野夫。

入眼偏多骚客句，开心只限美人图。

不交圈外难甄友，偶下坊间未见书。

欲返光阴无退格，键盘轻抚叹何如。

姑塘海关遗址吊古

暂把诗书叠案头，欣从胜友踏青游。

滩前日暖催红萼，湖上风清翔白鸥。

市闹曾招南北客，潮平好泊往来舟。

繁华早逐烟云散，寂寂关楼枕水流。

失题

禹迹沉沉夜未央，南湖星火照苍茫。

挥师绝域兵虽弱，饮马长江势已强。

一代君王悲戚戚，千秋鼎革叹煌煌。

新亭风景原无异，何必嘤嘤泪数行。

春耕感青壮在外打工耕田者多为老人妇女 ^①

落尽桃花汛始生，声声布谷促春耕。

青苗得雨叶含润，黑牯牵犁腿不轻。

力弱差担孙子望，技疏难整地田平。

望秋父老无皇历，总把鸠声卜雨晴。

苦暑 ^②

夏日炎炎无处逃，难寻风伯淡云高。

地流热浪天流火，人厌皮肤兽厌毛。

欲竭江河焚草木，更稀雨露润田皋。

若教寒暑无分别，万物还如秋叶凋。

---

① 原刊于《诗词百家》2011 年第 5 期。

② 原刊于《香港诗词》2011 年第 5 期。

送邢慧莹之柬埔寨任教 ①

君来齐鲁地，教化浸心灵。

身影怜娇弱，萤窗立典型。

岂因生计迫，欲广圣贤经。

今日凌云矞，同瞻万里程。

致内

结发同枕席，八年分别过。

杏坛耕作苦，思女泪痕多。

追剧时忘寝，怜家总护窠。

老夫无大志，不奈小怡何。

宿丰城罗山青云山庄 ②

同人坐鼓笙，招食野之苹。

尘净天星密，山深夜气清。

席间频举盏，灯下久班荆。

揖别欧公石，萍踪又一程。

① 原刊于《中国诗词月刊》2011年第9期。

② 原刊于《洞庭诗词》2011年第2期。

遣怀 ①

远游踏破谢公鞋，也掷光阴向纸牌。

已失豪情拼烈酒，尚余闲趣逗金钗。

穷途阮籍随车返，荷锸刘伶就地埋。

心既不同时世合，姑披散发遣狂怀。

岩竹

岩竹无端夹缝生，鞭根探土下重层。

罡风拂过枝枝乱，斜雨侵来叶叶惊。

榛密淡然藏渺小，林疏偶尔露峥嵘。

不加斤斧全天命，宠辱何曾计实名。②

无题 ③

怅对清秋别有因，孤鸿一去迹难寻。

清风岸上团团影，冷月湖边夜夜心。

纵是泰然耽食好，何堪独自忆情深。

律回岁首河开后，看蔽云天老翅阴。

---

① 原刊于《中华诗词》2012年第4期。

② 实名：实和名。

③ 原刊于《中国诗词月刊》2011年第11期。

次韵向闲五十初度见示二首

一 ①

驹隙光阴静里过，壮年兴慨竟如何？

书斋简约操心少，人事纷繁历眼多。

但把词章共商讨，漫将池墨细研磨。

惜身既为长卿渴，更远滔天宦海波。

二

五十光阴瞬息过，问君今夜感如何？

笔端意境徒然好，舌底牢骚一样多。

楮墨馨香由浸润，家山风月任消磨。

华堂为有齐眉案，见说春心老不波。

岁杪遣怀 ②

碌碌经年老境催，抟云大梦早成灰。

慰怀差可驱红袖，骂坐何须借绿醅。

蛮触国骄争上位，边缘人恨不高材。

一冬风色浑如许，静看寒梅寂寞开。

---

① 原刊于《诗词百家》2012 年第 3 期，题为《次韵向闲五十初度》。

② 原刊于《海内外当代诗词选》。

龙年初乡间夜醒有作 [1]

律转阳回序次龙，流年蹇促要穿红。

不愁本命无顺命，只怕伤风还痛风。

一样雄心堪射虎，三分快意老雕虫。

村鸡尽扰庄生梦，忍别巫山十二峰。

辛卯除夕乡间次向闲兄诗韵 [2]

一年又见雪飘襟，祥瑞纷纷五福临。

守岁谁知今日意，围炉犹是旧时心。

酒需要量难多饮，诗不能群只自吟。

静坐似闻春讯至，迎新爆竹最佳音。

谒屈子祠

红墙碧瓦树婆娑，呵壁谁来继九歌。

香草徒明高士志，峨冠不奈小人何。

浮舟扬楫形如槁，树蕙滋兰发自皤。

一出都门心便死，终披肝胆委清波。

① 原刊于《诗刊》2013 年增刊第 4 期。

② 原刊于《诗词百家》2012 年第 3 期。

登岳阳楼去岁因修缮欲上未果

胜景终开罩面纱，重来泽畔访英华。

摇舟风浪三千里，映水楼台一万家。

忧乐存心谁得似，繁荣寓目足堪夸。

湖山废尽丹青笔，百尺城头起叹嗟。

八里湖看灯 ①

江城中夜雨霏微，一踩油门去似飞。

颂乐高扬传激越，矫龙对舞动依稀。

华灯弄巧劳心计，盛会当前莫腹诽。

如我草民添至乐，漫抛尘虑暂忘机。

访永修速丰林场 ②

抛开琐事赏秋先，附坝初临意爽然。

夜听涛声来枕上，日观峰色落樽前。

人穿小径偷尝橘，鹰击高天渺似烟。

借得书家三尺笔，挥毫替我写新联。

---

① 原刊于《诗词百家》2013 年第 2 期。

② 原刊于《诗词》报 2012 年第 23 期。

游沈园

初闻故事已忘时，花艳风香几梦之。

孤鹤轩前人仿佛，问梅槛畔柳参差。

痴心苦吐伤心语，薄命还赓绝命词。

千古悲情谁得似，残年犹在说相思。

兰亭

和风起天宇，秋色染高亭。

削笔修篁翠，流觞曲水清。

银鹅谁可换，禊事总难经。

书艺黉门立，师贤有后生。①

西塘

久慕吴根盛，初来叶正黄。

门临三尺水，柱列九回廊。

仿古新如旧，诱人糕与糖。

兹行何太急，回望隔苍茫。

---

① 绍兴兰亭附近有书法艺术学院。

集句咏羁旅之怀应社课 ①

飘零今日在天涯，冷露无声湿桂花。

荒谬几人称陆贾，明珠一斛委泥沙。

持家但有四立壁，奉使虚随八月槎。

已恨碧山相阻隔，紫泉宫殿锁烟霞。

次仰翁癸巳江右诗社年会迎客诗韵

繁花满眼得时开，紫白红黄各尽才。

江右吟坛生气象，赣南禊事应风雷。

诗心难被尘嚣乱，蝶梦偶随云水来。

纵是梅关千里远，也当策马一追陪。

次韵王品科主席赛阳谷雨诗会迎客诗

暮春天日幻阴晴，自在枝头百啭莺。

闲里诗情逐云尽，边缘人恨伴风生。

高朋胜友吟新赋，绿水青山证旧盟。

已悔前尘知不谏，心田还待用心耕。

---

① 依次集自柳宗元《种木榭花》、王建《十五夜望月》、郁达夫《杂感》、宋无《绿珠》、黄庭坚《寄黄几复》、杜甫《秋兴》、李觏《乡思》、李商隐《隋宫》。

题欧阳询法帖

欧公健笔走龙蛇，卓立初唐冠四家。

八体挥成皆可法，千碑刻就略无瑕。

习书初下右军拜，结字尤为后世夸。

尺牍生前传海外，声名岂止在吾华。

袁崇焕事志感 ^①

兵屯山海阵云浓，攘臂终成百战功。

神勇三军镇宁远，悲情一剑斩文龙。

捕前但道心肠黑，剐后方知肝胆红。

最是不堪沉痛处，临刑犹在念辽东。

温州江心屿 ^②

劈波斩浪踞中流，古木葱茏景色幽。

千载人文骄胜迹，一川烟雨锁重楼。

潮回岸石明霞晚，风过亭台朗月秋。

孤屿航标今又立，千帆竞发不停留。

---

① 原刊于《诗词》报 2014 年第 18 期。

② 2013 年"中国诗之岛·江心屿杯"全国诗词大赛优秀奖作品。

黑岛旅游度假区

明山秀水立丰标，黑岛风光分外娇。

玉白雕成永升像，波澄露出美龄礁。

休闲客满三秋浴，赶海人追一线潮。

觅得蓬莱仙境在，无边好景任逍遥。

松花湖

迷人景物得天工，一坝拦江更不同。

湖上春波云映白，林中秋叶鸟啼红。

严冬素洁飘飘雪，盛夏清凉习习风。

胜境四时留我住，白山黑水赏从容。

蒲县东岳庙

雄姿屹立柏山巅，历雪经霜若许年。

画栋雕梁盛香火，檐牙翘角驻云烟。

祛灾能把生民佑，朝醮曾将别趣添。

时代东风苏万物，人文胜地谱新篇。

即兴

悄然禹甸起风雷，掠遍街衢和水隈。

一角微光穿铁幕，几丝寒雨湿尘埃。

作为不过高低压，消息无非上下台。

莫信鸡虫真绝迹，阳春到后会重来。

参观冷望高书画印展

羡君健腕走龙蛇，漫压轻勾已大家。

一点图形能破壁，十分劲道待笼纱。

换鹅人有千般法，入木书无半笔差。

俗病兼医真国手，云山写罢写梅花。

探梅

寒枝应是久经霜，叠印青天已许长。

盘节依然藏朴讷，含苞不肯吐芬芳。

玉容落寞因谁瘦，病骨支离只自伤。

待得终风吹破萼，再持清酒看红妆。

谒永修三溪桥明刑部尚书魏源墓

旧雨新交共约予，金风时节驾轻车。

几株绿树巢飞鸟，一座青山冢尚书。

经济文章期发达，巅峰事业步虚徐。

高功竟不全身首，何似当初付阙如。

晦窗先生莅浔讲学未克陪侍次品科主席诗韵

驾临正值菜花黄，野马尘埃动莽苍。

讲席一开人聚首，清词频吐舌生香。

羡公竟日耽书静，愧我经年无事忙。

幸结西江风雅社，侧闻教诲每叨光。

桃林镇写意

海西古镇画屏开，四面商家接踵来。

月朗风清养心性，财兴业旺斗元魁。

君耽桂树花千朵，我醉桃林酒一杯。

更有晴明人络绎，马陵山上探幽回。

中国梦

隽语从来万口传，中华一梦几千年。

复兴待逐文王鹿，御敌当挥魏武鞭。

包袱沉肩宜放下，思维裹足碍超前。

已观大泽风云动，共庆龙腾上九天。

和瀚海胡杨景德镇年会迎客诗

禽鸣园柳水如琴，唤起同人发浩吟。

写绿描红春渐满，摛文铺彩意趋深。

借他前夕千般话，题我中年百感襟。

准赴昌江河畔约，好将诗酒一杯斟。

怀洪洞县大槐树

甘水滋嘉树，凌云发密柯。

深根招落叶，飞鸟恋离窠。

远祖恩无极，平生梦几多。

何当伴妻孥，来寻老鹳窝。

瑶里走笔酬江右诸友

漫踏春风过小桥，人生何处不逍遥。

午岚散尽峰峦出，溪雨飘来草木娇。

事业息心疏纸笔，湖山放足友渔樵。

等闲消得冲和景，再饮知交酒一瓢。

次熊东遨春日偶成诗韵

未到春分草已青，莺鸣翠柳更多情。

缘枝向上怜花发，御气北归看雁争。

势欲压城云致雨，光犹潜迹月违盟。

一天不作楼头望，再看园中便隔生。

庐山谷雨诗会拜谒新闻学鼻祖徐宝璜墓 及远瞻许德珩故居地

各在虞家河一隈，蓬蒿侵径石生苔。

两轮日月驮人去，百载风云逼眼来。

寇盗危心眈故国，河山扶恙育英才。

协商终究成何事，几见新闻报劫灰。

毛静兄过浔席间分韵得"书"字诗以赠

绣口锦心多起予，戏推帅首忆当初。

雕龙事业君能胜，穿蠹生涯我不如。

来往早成兄弟辈，交谈无外圣贤书。

豫章犹有高悬榻，怀璧之人已卜居。

苏州静思园

静卧吴江别有春，满园锦绣最怡神。

廊回九曲闲临水，石竞千姿秀可人。

典雅亭台百般巧，扶苏花木四时新。

恢宏气派融今古，快意平生叹绝伦。

南京大屠杀祭

寇盗汹汹破国门，千家未有几家存。

血流漂杵阴风厉，尸积如山朗日昏。

不是刀枪同草弱，怎教华夏任狼奔？

清明每向东南望，一炷心香奠屈魂。

登宁海城①

夙梦终圆正遇秋，孤身负手老龙头。

风来瀚海涛声壮，日散阴云雨色收。

草木犹青寒绝塞，干戈早息剩危楼。

清游莫起兴亡叹，且看轻舟逐乱流。

游山海关②

幽燕横紫塞，迤逦护长安。

草木连天碧，风云接地寒。

关随峰隘险，月共海潮还。

千古争锋地，凭轩着意看。

绥江华峰秀笔

三峰倒笔写青天，揿墨濡毫河汉边。

草就星文云似画，书成雁字月如弦。

竞将万种繁华景，都入千秋锦绣篇。

秀丽汶溪来梦里，风光人物两怡然。

---

① 原刊于《当代诗词》2021年第4期。

② 原刊于《诗词》报2015年第5期。

五一初度得句数月后足成时近岁末

检点流光枉自嗟，纷来万象影横斜。

何堪随世俯和仰，莫笑经年药当茶。

偶捧热心哦俚句，时将冷眼付奇葩。

小怡漫道迷情性，无益方能遣有涯。

纵笔

倾心谁在挽残红，得志英雄唱大风。

故宅何时贯蛇鼠，神州无处不鸡虫。

情知力足堪擒虎，始信渊深应有龙。

可惜牺牲堆案满，稗书犹记百年功。

纪念沈葆桢保台建台 140 周年 [①]

身值尧封多事时，挥师御敌救艰危。

抚番早定开山策，镇海高扬卫国旗。

万顷波涛知险恶，一肩风雨叹栖迟。

领军人去忠魂在，薄酒三杯奠岂知。

---

① 福建省文史馆纪念沈葆桢保台建台 140 周年全国征文优秀奖作品。

游海南

不负平生望眼赊，游踪终已到天涯。

浮空海水千重碧，掠岸椰风万里沙。

两指凿泉祠映翠，五公投岛事增华。

问谁此际饥如我，日日滩头餐落霞。

绥阳赞

山水得天厚，文明溯史前。

筑城尊二冉，设帐并三贤。

景葆原生态，情迷大自然。

风鹏今正举，合力谱新篇。

方孝孺

殒身连十族，千古叹缑城。[1]

正学居仁义，华章颂太平。[2]

一心君与国，百世死犹生。

每念此庄士，不禁清泪横。[3]

---

[1] 方孝孺故里旧属缑城里，故人称"缑城先生"。

[2] 方孝孺在汉中府任教授时，蜀献王赐名其读书处为"正学"。

[3] 《明史》载朱元璋评方孝孺语："此庄士，当老其才。"

松桃印象①

苗歌一曲起丹霞，湿地松桃四季花。

树木葱茏堪醉客，湖波荡漾好浮槎。

山飞城外青峰立，凤落林中紫气赊。

千载人文繁盛处，宜游宜赏更宜家。

冬日鄱阳湖水干步行至湖中落星墩②

寺塔势崔嵬，慕名邀伴来。

青泥成道路，碧浪起尘埃。

日月双沉杳，乾坤四望开。

补天无所用，适作赏游台。

和仰翁江右诗社乙未宜春年会迎客诗韵③

枯心只待百花开，便访袁州共举杯。

坛坫文章人写尽，风云消息鸟衔来。

几时遍地营巢燕，何处当年夺锦台。

为有春光相指引，诗情一霎到天垓。

---

① 2015年"神奇苗乡·美丽松桃"诗词楹联大赛二等奖作品。

② 原刊于《诗词》报2015年第9期。

③ 原刊于《中华诗教》2015年第2期。

次韵李汝启小石源乙未探春雅集迎客诗 [①]

役形何日了，搔首问青霄。

案牍繁潘鬓，牢愁瘦沈腰。

久承情意切，不惧路途迢。

长羡石源里，熏衣有桂椒。

乙未新正试笔

烟花开且尽，淑气已重回。

点检奚囊涩，端详镜鬓衰。

春风梳嫩柳，社客筑高台。

生意窗前满，好催诗意来。

乘缆车登武功山 [②]

莫笑初登便杖筇，置身欲向最高峰。

轻浮壑谷临仙界，漫踏芳菲觅道踪。

桃蕊燃成炉火旺，山云滚似井烟浓。

今宵应有邯郸梦，一枕青瓷到碧空。

---

① 原刊于《辽西风》2015 年第 3 期。
② 原刊于《诗词》报 2015 年第 9 期。

次韵仰翁明月山采风邀茗诗 [1]

约得新旧雨，同游明月山。

风前衣窸窣，枝上鸟绵蛮。

粉蝶怜花瘦，轻云似我闲。

危崖高在望，香茗助趋攀。

春游明月山

闲趁春色好，访仙明月中。

危峰高碍日，云栈势连空。

岩树千重碧，山花几处红。

眼前樵路在，不必叹途穷。

再访三教庵并序

去岁曾至此庵，住持言及筹资建佛堂等备尝艰难，及登堂而观，环堵萧然，今至复如是，感慨系焉。

收拾心情作胜游，屐痕再认去年秋。

香烟奉佛光仍健，铁架环墙工未收。

世事曾经缘已尽，人生到此意何求。

放观造化偏恩处，草木逢春翠欲流。

---

① 原刊于《辽西风》2015 年第 3 期。

庆祝南昌地铁通车 ①

英雄城里动吟怀，共颂交通瓶颈开。

一线生成虽六载，万民梦见已千回。

龙行地脉呼风去，人踏霞梯出站来。

为有能工铺正轨，定教宏业上高台。

秋游阅江楼景区 ②

披襟负手作清游，独上江南第一楼。

静海梵钟云外起，卢龙胜境雨中收。

千秋兴败翻心思，万里波涛豁眼眸。

陵谷不随人事改，群山犹拱帝王州。

寻陶访明墓 ③

数载闻君已化仙，今朝始得到坟前。

何期喋喋迷狂客，曾是翩翩美少年。

自古多情常饮恨，从来好梦易成烟。

黄泉莫作天涯望，如画家山合永眠。

---

① 南昌地铁庆开通诗词联赋大赛征稿优秀奖作品。

② 原刊于《当代诗词》2021 年第 4 期。

③ 陶为大学同学，因情生疾而休学留级，毕业几年后去世，墓在瑞昌九源乡。

次盛元先生江右十年洪州雅集瑶韵

吟坛旛帜早心降，喜看龙蛇起大江。

铺彩遥思埋笔冢，摛文应在读书窗。

屡闻妙曲歌新命，几见春风拂旧邦。

十载相持赖谁力，象湖重聚酒千缸。

江右年会参观湾里竹海明珠

年年禊事例同修，又踏芳春作胜游。

试剑峰高人共仰，观鱼桥阔水长流。

几声鸟语传消息，遍地花开竞自由。

更有酒家知客味，烧来竹笋飨吾俦。

题八大山人

劫变原多故，王孙事更奇。

空门曾寄迹，道院亦栖迟。

家国千秋恨，丹青一代师。

置身危绝处，哭笑两由之。

立秋前日访金水生云阁并同红叶水墨燕饮于清穆轩

天公放我作闲人，又到京城见此君。[1]

红紫几株花满树，清幽一处阁生云。

樽前歌哭非因醉，笔底烟霞孰与群。

夜雨催秋归后急，青鸾照影已微醺。

酬剑尘九江小聚见寄

托身尘世类孤蓬，况是秋来卷地风。

幸遇二三素心子，再添一次满堂红。

年华尽在闲中老，词句行看笔底穷。

莫道边缘人已懒，云天意气早消溶。

草啸兄招饮南昌惜未能赴奉和瑶章申谢

节过中秋草渐枯，故人宴客向东垆。

非因远路难为驾，奈此亲情不忍孤。

遥想诗朋飞逸兴，也持酒盏慰穷途。

洪州自是相思地，只是当天事特殊。

---

① 红叶号此君轩主。

草坪镇放歌

山青水碧路纵横，风物人文冠鼎城。
花鼓起时歌阵阵，彩船飞处笑盈盈。
雏鹰志在千秋业，老骥心存万里程。
为有英雄垂典范，精神踔厉更前行。

广西宁明县花山

千年古邑喜探寻，风物人文壮古今。
纵是高岩能作画，竟然独木可成林。
山黄皮果香开胃，糯米沙糕甜到心。
更踏征途齐奋发，凯歌听取最强音。

登黄鹤楼

高天望断楚云飞，不见仙人骑鹤归。
玉笛弄残江汉月，梅花落满夏春衣。
华灯闪烁明三镇，暮色苍茫暗四围。
暂把牢愁付流水，征程到此尽忘机。

八里湖新区放歌

璀璨明珠镶古邑，新区儿女弄潮时。

三分绿地三分水，一卷宏图一卷诗。

楼耸云天书壮丽，路通南北任驱驰。

歌声每伴豪情起，飞上巍巍胜利碑。

广丰年会归来次仰翁韵

遥思信州胜，赴会自驱驰。

花鸟堪娱目，风光合养颐。

羡朋多纵酒，愧我不能诗。

怜此枯吟夜，屏前自捻髭。

春日寄兴

平生自分葛天民，处世无心但保真。

事业由人夸得意，文章任我不劳神。

司机五载堪称老，月俸六千难算贫。

见说前山春色好，偶邀执友放闲身。

晚步

行路惊物候，小村凉气侵。

晴云生近壑，晚籁荡层林。

浪白风初起，橘黄秋渐深。

一怀牢落意，都付与清吟。

谨步渔歌稀龄自寿元韵

历雨经霜岁月多，崎岖途路几番过。

壶觞到此徐徐酌，诗画从今细细磨。

鹤算新看添海屋，鸠扶深喜醉春波。

欣逢宇内升平日，近水遥山好放歌。

秋日得句足成二首

一

长空漫漫夜轻柔，昨梦前尘说旧游。

冷酒香烟销块垒，流云过雁惹闲愁。

贪看月色频挪椅，怕听人声懒下楼。

揽起菱花伤雪鬓，孤心又付一城秋。

二

向晚江边信步行，秋风送雁过高城。

曾怜叶底双栖蝶，翻作檐前独响铃。

任我情怀浓似酒，奈他心性冷如冰。

春痕是处消除尽，但有寒花分外明。

雷海为 [①]

岩山自古人文盛，力拔头筹非偶然。

不改初心丰腹笥，长存远志醉诗篇。

雪峰屹立高千尺，资水奔腾纳万涓。

岂止声名昭后学，精神点亮一方天。

丁酉岁杪步去非兄五十初度感怀韵

惯摇玉树亲山水，养得高怀早去非。

麻布峰高彰日色，洞庭波暖涌晴晖。

年将黄耳频呼酒，运到青云且待机。 [②]

正富春秋知体健，清风饱看拂天衣。

---

① 雷为湖南邵阳人，以外卖小哥身份夺得中国诗词大会第三季总冠军。

② 黄耳：狗名。

丁酉除夕次向贤兄韵

年至今宵味最浓，情怀检点却疏慵。

依然酒肉荐三室，不见烟花上九重。

女未归宁心北念，语虽放达意难封。

人生到此真无奈，且作空巢一困龙。

次韵皎月江右戊戌蕲春年会迎宾诗

历山跨水度重隈，酒侣诗朋次第来。

淑气遍催蕲菜长，春风劲逐楚云开。

每临清绝多裁句，漫遣深幽尚有杯。

八景招人舒望眼，振衣把臂共登台。

再赴小石源探春次韵呈主人

行装未搁探花先，初访华堂忆昔年。

四壁诗书薯酿酒，一亭风月夜航船。

名山事业放怀做，文化萍乡用力肩。

春暮闻君又招我，赏心消息走相传。

访浏阳谭嗣同故居

河山板荡星牢落，风雨飘摇夜渺茫。

但得微躯能醒世，甘将热血洒刑场。

痈疽未破终为患，虎兕无羁定有伤。

只合武昌城里聚，刀兵息后再图强。

上巳日与妻青衿园看花

巳日天晴好，风和不起尘。

缓移如矩步，并作看花人。

树色沁心碧，湖光照眼新。

水边无禊事，一曲自流春。

重访摇旗垄高山寺 ①

宝刹经行整十年，重来已是落花天。

院墙卓卓屏心气，樟叶森森扑眼帘。

照世佛光明似火，摇旗事迹渺如烟。

归途忽起无名叹，究竟何人济大千？

---

① 原刊于《诗刊》2019 年增刊第 1 期。

参观蕲春胡风纪念馆

生平历历满华堂，不朽文章拓大荒。

三十万言成底事，一千人等入高墙。

天条难屈刚强颈，物理还推火热肠。

稍喜春风终破冻，廿年曲直得昭彰。

李时珍

无心场屋继悬壶，术业精诚道不孤。

脉象细勘经典在，单方重组病魔驱。

证今考古甄医药，别类分门配画图。

五百年来声誉广，隔行我亦说濒湖。[1]

凤凰山揽胜

凤凰一羽别东西，揽胜寻幽每叹奇。

绝壁长存翔鹤影，群峰中接步天梯。

凌空怪石欲干月，卧涧老牛思奋蹄。

入得名山舒望眼，飘然意兴与仙齐。

---

[1] 濒湖：李时珍号濒湖山人。

莲花县荷博园

俗务全抛偿愿先，驱车千里访青莲。

才瞻倩影从窗口，已觉馨香到鼻边。

碧叶清圆留客赏，红英半落惹人怜。

芳菲任是连天发，一样萧骚付冷烟。

莲花县神仙洞洞尚在开发中

盛夏寻仙迹，游踪高复低。

安能窥隐豹，何处听啼鸡。

有水侵鞋湿，无灯惧路迷。

洞中诸胜景，留待后来题。

莲花县勤王台

勤王台畔气萧森，故垒犹闻杀伐音。

此日阴云悲宿草，当时巨劫驻驰骎。

三千板荡颠危士，一捧河山破碎心。

独木安能支大厦，匆匆过后即喑喑。

奉和香港陈智先生

秋风声里响头锣，浔水香江共放歌。

骏业宏开新气象，魁星朗照旧山河。

诗裁一纸玲珑句，酒泛千杯潋滟波。

料得今朝人意好，匡庐并立两嵯峨。

东遨先生游庐山西海有作未克奉陪依韵奉和

诗文妙赏立灵修，撤帐之余作壮游。

愧我劳身难执驭，钦君病足亦探秋。

青山迥路等闲度，碧海轻舟快意浮。

自是雪堂同志趣，戊年七月各寻幽。

草啸兄招饮洪州席上分韵得"凉"字 ①

又见弥天橘柚黄，披襟陌上试初凉。

谁堪此际山河老，不意经年笔墨荒。

十万秋风新病目，一坛清酒暖诗肠。

滔滔皆是安能易，莫笑平生学楚狂。

---

① 原刊于《中华诗教》2018 年第 4 期。

重阳再上滕王阁①

风景于人不算贪，故教踪迹遍江南。

又登杰阁逢重九，更忆华章诵再三。

素志托诸鸥鹭白，闲情散与水天蓝。

清游若问余何物，只有浇肠一味甘。

冬日山河兄招游新建南矶山分韵得"惊"字

远游偕侣趁新晴，伫立矶头四望惊。

鸿雁垂青旋欲下，芦花飞白走相迎。

江湖险恶涛何在，人物风流愿已平。

但得河山长似此，云间常听凤鸡鸣。

濯水古镇②

风情万种冠渝州，云白山青逐水流。

南路腔悲堪下泪，中天月朗好摸秋。③

鲜明精美描墙画，错落高低吊脚楼。

若觅人生终老地，千年古镇孰能俦？

---

① 原刊于《中州诗词》2019年第1期。

② 濯水古镇后河戏南路唱腔多用于悲情戏。

③ 土家族八月十五是摸秋节。

戊戌除夕立春试笔 ①

朔风困人久，终遇此良春。

燃烛祈丰岁，倾杯祝令辰。

门前浮世绘，方外葛天民。

和气摧残腊，千家笑语频。

次韵梅岗兄己亥上栗年会抒怀诗

雁声千里远，春酒一杯衔。

柳拂瞟新眼，潮深认故帆。

任凭佳节气，犹着旧衣衫。

追梦看人急，无聊且自喃。

谢若飞女史惠茶 ②

霜毫生秀水，凤爪出云乡。

好解相如渴，能消野客狂。

杯分双井绿，诗奉一宗黄。

我亦多拗峭，情钟清味长。

---

① 原刊于诗刊社《诗词年选·2019》。

② 原刊于《烟台诗词》2020 年第 3 期。

庐山

云遮雾绕近鄱湖，生态人文满夏都。

飨客良多三石菜，铭心最是万言书。

古今贤达纷纷至，吴楚风光蔼蔼如。

险秀雄奇观不足，停车回望漫嗟吁。

拟题集句 ①

醉忆春山独倚楼，斜晖脉脉水悠悠。

只怜玄兔千年冷，暗织沧溟一片愁。

青鸟不传云外信，夜涛催发海南舟。

艰难苦恨繁霜鬓，任是无情也上头。

集句遣怀 ②

城近黄昏鸟雀哀，去年天气旧亭台。

三间茅屋无人到，万里西风送雁来。

道薄谬应宗伯选，愁多思买白杨栽。

嗟予久苦相如渴，潦倒新停浊酒杯。

① 依次集自冯延巳《浣溪沙》、温庭筠《望江南》、宁调元《八月十五夜漫书一律》、释绍昙《偈颂》、李璟《摊破浣溪沙》、释普岩《偈颂》、杜甫《登高》、杨基《无题和唐李义山商隐》。

② 依次集自陈仲溱《台城怀古》、晏殊《浣溪沙》、贯休《山居诗》、贺铸《九日怀京都旧游》、朱庆馀《酬萧员外见寄》、黄景仁《都门秋思》、欧阳修《寄枣人行书赠子履学士》、杜甫《登高》。

端午

割完蒲艾饮雄黄，满地熏风日正长。

蛙鼓齐鸣青箬茂，龙舟竞渡彩旗扬。

灵均辞国天含怒，角黍临流水泛香。

愿得河清人永健，万民祈福过端阳。

新港官洲古渡^①

闲寻古渡到江边，四顾茫茫思怆然。

乱石滩头舟泊岸，回峰矶上草连天。

依稀洲树排成阵，浩荡春流不计年。

陵谷沧桑随处有，一声太息付苍烟。

再访杨岐山阻雨

深壑幽泉曾结缘，再来却是雨连天。

界分吴楚关如在，雾锁峰峦貌不全。

道上犹疑车马客，山中隐约藐姑仙。

何时更作杨岐梦，归思悠悠一黯然。

---

① 原刊于诗刊社《诗词年选·2019》。

访刘凤诰故里 ^①

莫叹飚轮久，清幽属此乡。

水流山态度，雨洗树风光。

一脉文根远，千秋烟墨香。

村人随指点，尽说探花郎。

新中国成立七十周年

是处春风醉管弦，旧邦新命喜空前。

鲲鹏水击三千里，禹甸歌飞七十年。

敢遣豪情干日月，更操椽笔绘山川。

共将热血酬佳梦，快马康庄奋着鞭。

游应城市欧阳修孝义文化园 ^②

神女汤池碧玉流，湖光山色鸟啁啾。

诗题今古亭廊雅，韵合风骚草木柔。

屈子情怀昭日月，欧公孝义炳春秋。

蒲阳且喜添新景，好与吾侪立范畴。

---

① 刘为江西上栗人，乾隆五十四年（1789）探花。

② 原刊于《中州诗词》2020 年第 1 期。

游仁丰里

维扬天下盛，文化聚仁丰。

一代芸台学，千秋武穆忠。①

石街存古韵，黛瓦漾新风。

但累清游目，徜徉鱼骨中。②

玲珑王茶

小芽竟日沐松风，雪藻银毫出桂东。

色泽晶莹金琥珀，环钩奇曲玉玲珑。

室腾南岭千重雾，杯映高天七彩虹。

齿颊留香清味永，回甘直入肺肠中。

过临泽镇

繁华满目小扬州，商贾如云车似流。

安乐寺中香火旺，任家宅里院庭幽。

运河风景由人赏，生态乡村待客游。

忆取烽烟飘荡日，峥嵘岁月眼前浮。

---

① 芸台、武穆：阮元号芸台，岳飞谥武穆。

② 鱼骨：仁丰里老街排成鱼骨状，亦即中国古代城市"里坊制"格局。

过徐州

五省通衢尽汉风，龙争虎斗气豪雄。

楚歌婉转翻新调，帝邑苍茫向碧空。

灯火辉煌城不夜，平原辽阔景无穷。

故都儿女潮头立，奋建巍巍百代功。

登峨眉山金顶

巉岩危立树婆娑，跃上峨眉一放歌。

金殿偶迷云世界，佛光普照蜀山河。

由来名岳佳声满，自古平羌胜景多。

仙境置身思不返，行程到此任消磨。

双牌县写意

日月湖边芳草绿，芙蓉岭上杜鹃红。

阳明峰耸岚光里，泷水流深画境中。

歌遏行云传绝响，楼飞翘角夺天工。

双牌儿女潮头立，逐梦扬帆趁好风。

婺源江湾

万木萧森向九苍，灰墙黛瓦碧溪长。

茶园春到连天绿，油菜花开遍地黄。

小巷寻幽怜昼短，方塘得趣醉荷香。

迷人最是原生态，水墨江南一画廊。

剡溪晚眺 ①

久慕风光好，飚轮到浙东。

树摇秋月白，溪映晚霞红。

隔岸人声沸，入云楼势雄。

千年兴盛地，妙笔画难工。

秋游西山湖公园 ②

阆苑雄居渤海东，亭廊小坐沐清风。

秋花吐艳时时见，雁字书天阵阵空。

湖上鳞波山映绿，林中枫叶鸟啼红。

归来写入丹青里，校与千帧迥不同。

---

① 原刊于《中华诗教》2020 年第 1 期。
② 原刊于《中华诗教》2019 年第 4 期。

中山市五桂山

闲趁春光好，优游五桂中。

东瞻香港日，西沐斗门风。

岩树千重碧，山花几簇红。

不回来处路，前景看无穷。[①]

赞老英雄张富清 [②]

少壮疆场试剑锋，腥风血雨自从容。

攻城屡展将军略，许国一披志士衷。

亮节千秋辉史乘，丰碑万丈记勋功。

初心永葆埋名久，耄耋英雄气似虹。

春游南昌洪崖丹井景区 [③]

壁随山势峭，云伴井烟生。

瀑壮潭波怒，渊深客胆惊。

梨花轻吐蕊，玉笛暗飞声。

已遂经年愿，归来意气平。

---

① 邓小平游中山时留下了"不走回头路"的名句。

② 原刊于《诗刊》2019 年增刊第 4 期。

③ 原刊于《中华诗教》2019 年第 4 期。

江右诗社己亥作业猛忆（三花韵）

未见青萍耐岁寒，任它江北与江南。

三千日夜从头数，九百玫瑰彻底删。

船泊忘川心巩固，花随流水梦凋残。

也曾沉醉春风晚，淡月疏灯取次看。

次韵向闲兄《己亥除夕贺岁》[①]

羲和御日响灵鞭，坐看乾坤别旧年。

节候两端分冷暖，牺牲一例荐生鲜。

湖山适性终归远，风雨因人不敢前。

待得沉霾消散后，神州犹是艳阳天。

次韵段会长《庚子春节广州江南世家小区散步》

小小浔城别样幽，长街难得见人流。

羡君可赏三千景，叹我徒窝十二楼。

穹昊安能悬丽日，尧封无处觅方舟。

新年似此何曾有，不送春光只送愁。

---

① 原刊于《中华诗教》2020 年第 1 期。

次韵向闲兄《五八初度》二首

一

筹添海屋坐春风，得福之人运不同。

青史文章启灵性，黄龙山水育仙翁。

闲吟高阁诗千首，卧钓清溪月一篷。

行己有方专此力，瑶篇静待晚尤工。

二

困居陋室得诗函，丽句瑶词似蔗甘。

骏马曾经空冀北，才人合是隐江南。

早知腹笥容千万，每接光仪叹再三。

赋卖长门骄笔健，更驰清思向骚坛。

次韵祝红星女史江右诗社庚子鹅湖书院年会迎宾诗

佳会鹅湖印象深，千年之后我来寻。

山川有幸聚朱陆，雨露无穷润莽林。

播火文章今古颂，传薪事业短长吟。

此行岂为追风月，浅踏遗踪慰夙心。

集句次韵向闲兄己亥除夕贺岁诗^①

一道春风响静鞭，试凭丝管饯流年。

声摇地脉雷霆怒，润入园林草木鲜。

共托属车尘土后，不辞清唱玉尊前。

满城灯火喧和气，疑是银河落九天。

庚子上元集句^②

闭户何妨高卧客，笼禽徒与故人疏。

长溪积水流无尽，多难幽怀惨不舒。

却忆去年趋盛会，岂知今日得安居。

楼头载酒看花坐，暮霭鸿征月上初。

---

① 分别集自宋白《宫词》、陆游《秋思》、曾丰《题潮出海门图》、陆游《晨雨》、苏轼《次韵刘贡父叔侄扈跸驾》、晏殊《浣溪沙》、释智朋《偈倾》、李白《望庐山瀑布》。

② 依次集自赵瑗妾《咏雪次韵》、白居易《答马侍御见赠》、戴复古《访慧林寺僧因有诗》、杨万里《秋热》、王之道《玉楼春》、吴芾《李子仪喜津改秩作诗相庆因次韵》、金大舆《白下春游曲》、陶安《秋馆书事》。

家居见校园早梅集句 ^①

凄风吹雨过江城，白发衰颜只自惊。

花径不曾缘客扫，柴门密掩断人行。

无端尽把春容泄，有药方能造化生。

闻道楚氛犹未灭，此中天意固难明。

奉和段兴朝先生遣怀

逸居何必问归期，莫遣愁心上鬓丝。

庭下莱衣堪纵酒，岭南风物好催诗。

正当壮士挥戈际，犹是瘟君作祸时。

知有琼楼人在望，一春不得奉甘滋。

修水同游黄庭坚故里及陈家大屋归来 ^②

相邀青草湖边客，同访文章节义乡。

明月一湾环逝水，苍山万叠隐华堂。

夺胎笔墨折心久，柱国声名贯日长。

忆取当时并游处，开谈尽是说陈黄。

---

① 依次集自陆游《郊行》、秦观《白鹤观》、杜甫《客至》、杜甫《三绝句》、释绍昙《偈颂一百零四首》、张伯端《绝句六十四首》、刘禹锡《南海马大夫远示著述，兼酬拙诗，辄著微诚，再有长句。时蔡戎未弭，故见于篇末》、罗隐《黄河》。

② 原刊于《诗词》2021 年第 3 期。

黄宫湖①

万顷琼浆漾玉壶，云天寥廓灿明珠。

胡杨有意巢群雁，秀水无心渡野凫。

冠盖往来鱼米地，人文绚丽富华区。

纵持一管玲珑笔，难绘黄宫湖景图。

咏连横②

故园风雨暗如磐，击楫中流未敢闲。

长借诗声浇块垒，更挥椽笔纪台湾。

一身负气夷洲岛，几度伤魂鼓浪山。③

毅魄倏然消海上，天教志士不生还。

重阳感事

学书学剑两无成，濒退翻如托钵僧。

刷卡惯看余额少，就医频对指标升。

由他岁月从容老，划我心情彻底平。

早放闲身邻野鹤，黄花簪鬓不须惊。

---

① "杭阿同心杯"水韵阿克苏全国诗歌大赛三等奖作品。

② 连横 1936 年病逝于上海，有《台湾通史》等著作。

③ 夷洲：台湾。

141

春日次韵向闲辛丑贺年诗

七九城边柳拂烟，心随流水送流年。

风光寓目成新友，诗酒消闲作散仙。

一曲飞扬莺语续，千花飘落蜡梅填。

阳和节气原无定，踏尽春阴雨漫天。

次韵剑川江右诗社辛丑南京年会迎客诗

游赏金陵趁好风，年来企待与君同。

秦淮烟雨追六代，玄武楼台萦五衷。

龙虎腾姿春向晚，东南起势气何雄。

销魂只是前朝事，陆海潘江赖巨公。

鄱阳湖生态科技城

一城崛起大江边，科创高新各蔚然。

庐岳风光云计算，鄱湖波浪水通联。

智能制造员工少，数字终端品质先。

骏业宏开生气象，吾侪静待鹤冲天。

夜游秦淮河

秦淮今又放游踪，何事当年迥不同。

未必偶然无朗月，曾经一样有清风。

神驰雾鬓朦胧上，身在春潮鼓荡中。

非是东君偏眷我，霓虹灯下太玲珑。

东来

结伴东来鸣玉轲，平生快意此经过。

风和脸上惊柔软，花放眼前耐琢磨。

一日相看愁减少，三更不厌梦添多。

蓬山隐约终须到，任是迢遭路几何。

应景

神州何处觅尧天，暗夜沉沉不计年。

北斗指明兴国路，南湖驶出破冰船。

日腾瀚海穿云起，龙战荒原奏凯旋。

为秉初心勤拂拭，镰锤方得亮如前。

江右诗社社课熏风

节至东君命驾归，园栀怒向雨前肥。

浓阴渐掩蔷薇落，芳草初长蛱蝶飞。

才听塘蛙喧万鼓，旋看野老试单衣。

炎天不耐谁如我，竹簟清凉叹久违。

次朱琴女史荷花节迎宾诗韵

田田翠叶满瑶塘，风物清嘉云水乡。

骐骥一腾堪命驾，芙蓉遍集可为裳。

二难并后吟旌展，四美具时游兴长。

但以诗交新旧雨，相逢何必说炎凉。

偶成[①]

独上高楼望眼枯，云山一片认模糊。

欲将锦字托青鸟，偶把匡庐当玉壶。

十日从游思不尽，三更有梦忆还无。

从今唯有加餐饭，好度劳身岁月孤。

---

① 原刊于《中华诗教》2022 年第 1 期。

游石城洞 ^①

湖山四处作闲游，访得莲城一洞幽。

远客澄心迷翠色，佳人跣足濯清流。

侵衣潮气惊多雾，拂面凉风爽似秋。

更看合欢花正好，萍踪印此复何求。

甘祖昌

岁月峥嵘日，河山板荡时。

硝烟历弥漫，鞍马任驱驰。

解甲归田里，扶犁树表仪。

精神期不灭，永世一丰碑。

过汾阳友人招饮杏汾酒 ^②

谁引甘泉酿杏汾，透瓶香醉吕梁云。

浅斟月色添风致，漫把琼杯洗俗氛。

遣兴且吟诗谢主，破愁端赖酒将军。

三巡过后豪情发，一曲高歌隔岭闻。

---

① 　原刊于《中华诗词》2022 年第 5 期，次刘元卿诗韵。刘元卿，明代理学名士，今萍乡莲花县人。

② 　原刊于《中华诗教》2022 年第 2 期。

咏汾清酒

兴来何物可浇肠，喜有汾阳清酒香。

玉盏满时光潋滟，金樽空后胆舒张。

春风座上催人醉，杨柳楼头劝客尝。

馏月蒸云诚骏业，杏花村谱大文章。

次韵剑如七夕有怀 ①

说与旁人不信痴，情怀竟似少年时。

怜渠绰约低回首，引我唏嘘数展眉。

灵鹊犹通河汉渡，锦屏怕看别离诗。

山长水阔迢遥路，冷暖加身只自知。

惠远古城

披衣拾级上层台，河谷天山四望开。

一记钟声云外落，九城故迹眼前来。

烟浮高树飘丝雨，风过危楼拂积埃。

别此人文繁盛地，雕梁画栋首重回。

---

① 原刊于《中华诗教》2022 年第 2 期。

次韵向闲兄虎年花甲自题

诗名早上白云颠，坛坫纵横若许年。

骊句探来珠泻地，才情纵后鹤冲天。

心惊宦海方思退，身近寿山知更前。

万事从今皆顺耳，静看笔底蔚霞烟。

除夕前次南宋李石诗韵

谁将好景尽删除，岁晏人间惜病夫。

白雪飘空闲自落，红梅吐艳暗相呼。

冬寒知有龙蛇蛰，春暖能无草木苏。

且向南窗归一卧，和衣更逗老狸奴。

青秀山

董泉汩汩泻珍珠，宝塔巍巍气概殊。

翠岭千重云漫卷，清江一曲水平铺。

聚他上善玲珑景，壮我南宁锦绣图。

今古优游青秀客，谁人对此不嗟吁。

奉和萧剑勇先生江右壬寅泰和年会迎客诗

酒朋诗侣往来频，又趁一年花草新。

宴集不辞行路远，襟裾再与古樟亲。

何妨浅醉登快阁，尽可清游邀故人。

回看柳溪云水上，小园佳气已浮春。

游三门海

瑶歌听罢访名区，醉赏坡心景致殊。①

崖树铺成千叠锦，天窗开出七星图。②

一身衣染碧青色，半日槎游明暗湖。③

料得今宵清梦里，洞中水上更相呼。

访吉安白鹭洲书院 ④

胜地久知闻，从游近日曛。

青原云外尽，白鹭水中分。

节义良多誉，文章迥不群。

众星辉耀处，追思自殷殷。

---

① 坡心：凤山县三门海镇坡心村。

② 七星：三门海景区天窗群排成北门七星状。

③ 明暗湖：三门海分明湖和暗湖。

④ 原刊于《中华辞赋》2023 年第 3 期。

终登快阁用杜工部《登楼》韵

十一年终了此心，朝暾影里快登临。

楼台错落新翻旧，草木荣华古到今。

三载未闻行业旺，几方又报疫邪侵。

但为能量须求正，何处不多拥鼻吟。

春浮园吊古

柳溪风日朗，冠盖喜逢迎。

林木一时盛，云泉万里名。

诗文光宅第，人物聚豪英。

愿得陶钧力，兔园能再成。

苦暑

数十年来叹未经，浮瓜季节久延承。

绝无爽气生茎露，幸有空调胜井冰。

夜半蝉声犹不歇，晨初暑溽即相仍。

聊凭清茗浇热火，趺坐萧斋如老僧。

应景

曾叹神州少凤麟，河山带砺画难新。

终看一日腾东海，共庆群星拱北辰。

廿响春雷惊世界，千秋骏业砥精神。

闲来抃舞康衢侧，更作尧年击壤人。

除夕前日次宋陈著诗韵于昌平阖家未聚三岁矣

谁说天涯似近邻，团圆梦好总难真。

风云但寓凄惶目，湖海空余自在身。

一种情怀今复昨，三年疫疠怨犹嗔。

明朝守岁京师枕，不许寒星照客尘。[①]

除夕步向闲癸卯贺年诗韵

世相缤纷纵不宁，兔来虎去顺三星。

赏心愿景期如一，罩口光阴渐向零。

雪落山原天补白，春苏草木客垂青。

平安岁月终须祝，电子烟花粲满屏。

---

① 北京昌平区素称"京师之枕"。

衡南岐山

闲来觅幽境，自驾到名区。

古木千寻直，晴云万壑殊。

奠香仁瑞寺，踏浪凤凰湖。

白竹藏仙子，清花映画图。

仙鹅思奋翅，衡雁远相呼。

盛景匆匆过，兹游能再无?

与友秋登石钟山望大江

久慕双钟景色殊，呼来胜友访名区。

亭高径曲园林静，风淡云闲木叶疏。

江浊湖清分一线，波翻浪卷下三吴。

谁持五彩生花笔，壮绘千秋锦绣图。

癸卯人日红叶招与金水水墨诸兄饮约和杜工部《人日两篇》

一

帝阙过人庆，正逢融雪时。

楼高日沉早，天冷雁归迟。

燕饮杯能尽，麈谈言不悲。

共来酬契阔，快意绕琴丝。

二

平生首度京师岁，雪后燕山取次看。

帝里知交新命酒，座中谈宴喜冲寒。

悲忧疫疠三年久，聚散光阴一指弹。

有此晴明人胜日，兔毫写意亦何难。

赋得坡底韵

四十年前别老家，平居碌碌看繁华。

楼房崛起林中笋，店肆铺开雨后花。

入夜霓虹辉异彩，逢春园圃灿明霞。

他人城市聊经眼，佐我清欢一盏茶。

次韵红叶本命年诗以寄

帝里光阴数几轮，浮华看尽渐求真。

挥来意气豪酾酒，养就孤高不拜尘。

野旷能无呼雁客，海深犹有探骊人。

今逢本命宜珍摄，管领东风伴此身。

六十初度

到站班车进港船，一回检点一惝然。

萍踪浪迹三千里，摘句寻词二十年。

心纵能明仍客套，耳犹难顺少人缘。

此身合向云山去，不问生涯只问禅。

江右诗社社课咏玄兔

玄霜滋养皮毛好，黢黑良宜入画图。

卯地封神荣草木，蟾宫捣药誉江湖。

尊荣何必营三窟，敏捷焉能触一株。

美质有形殆天赐，祛灾布吉在斯须。

将赴宜春奉和桓笛兄年会迎宾诗

几番曾到礼仪邦，仍累经年望眼双。

明月辉分胜游处，谯楼风透小排窗。

文公德政飘春雨，仰老诗怀横大江。

更忆状头观竞渡，至今犹听鼓枪扤。

仲春纵笔

轻雷一夕起龙蛇，燕语呢喃野草花。
澍雨无心滋万物，阳春有脚到千家。
扶头酒在梅边醒，快意诗从梦里赊。
陡忆南山陶处士，斜川石上枕流霞。

与同人游白鹿洞书院

春来从不吝游踪，又与同人访泮宫。
山色四围云叆叇，松风一壑雨迷蒙。
棂星尽占千秋景，圣域遥思百代功。
学达性天越今古，文章道德信深雄。①

重游明月山

八载重来觅旧踪，山花犹似昔时红。
雨过绝巘添新瀑，云卷高天播好风。
晤对林泉缥缈里，展开步履淡浓中。
赤松迎我寻佳趣，纵近衰年力尚雄。

① 宋方岳《白鹿洞》诗："兹山信雄深，钟梵上云雨。"

登宜春多胜楼

袁州胜概唤重游，偕侣登临夜色稠。

一缕春风缘柳起，满江碧玉抱楼流。

街头灯火明犹暗，天上烟云散复收。

四顾茫茫皆幻影，更凭轩槛觅浮沤。

仰翁百年冥诞纪念

茔冢巍巍宿草凄，道山嘉树鸟空啼。

鹤归四载音容杳，文著千秋福寿齐。

坛坫声名能贯日，门庭桃李已成蹊。

今临袁水勘骚脉，敬奉心香一拜低。

第三辑——古风

梦中人论菊不可作韵脚得句醒后足成二十字

北雁自翔南，西风瘦林菊。

都随品性移，何必言孤独。

戏题报载男变女再变男

科学如今无碍障，腐陈意识须埋葬。

计生政策不欺人，生女生男都一样。

初访向闲（并序）

向兄自号黄龙山人，著作有小说、散文、诗歌等多种。患消渴疾，其夫人紫藤有"一片苦心煎作药，两行清泪洒成盐"句。因事初至其府，归来于屏中见有诗成，遂敷衍成篇以酬，不计工拙云云。

驰誉骚坛久，诗会始识君。

高谈挥意气，爽朗俊丰神。

闲来操翰墨，字字珠玑陈。

诸体皆备善，却称是山人。

睥睨轻权贵，居心但率真。

援例作诗论，惹来侧目嗔。

疾染相如渴，劳生何苦辛。

菜添紫藤泪，无盐味亦纯。

近来新致仕，安居隐世尘。

瑶思徐徐遣，清茶细细斟。

辞赋须少作，一意守心魂。

我是无聊客，诗书也误身。

年来耽风雅，且喜与君邻。

今识君家路，过往莫辞频。

小石源雅集未克往分韵屏领"秋"字并寄意主人

春风初破冻，春鸟鸣啾啾。

野花夺人眼，青草翠欲流。

主人邀客醉，殷勤雅意稠。

缸贮红苕酒，梁垂束熏脩。

珠玉明华屋，供席俱珍馐。

忆昔曾过往，叨伴诗人游。

今春殊疏懒，无意出江州。

遥羡风雅士，是日又聚头。

停车访故迹，意兴自悠悠。

更有倜傥者，高论夜不休。

四美二难具，来日尚可求。

佳会虽已矣，愿探石源秋。

童年趣事

我本村小子，田园是乐园。

皮弓弹枝鸟，捉鱼堵水源。

偷瓜连种摘，红花草上翻。

嗾狗吠路人，路人吓断魂。

相邀偷划水，父母不胜烦。

捉到挨毛栗，痛苦不能言。

一自成人后，顿失彼乐园。

每忆儿时事，寒心倍觉温。

全铭招同向闲等茗谈一中边茶楼分"刻"字

三春泮宇边，猥列诸公侧。

遣我半日闲，茗谈杀心贼。

雏凤既嘤鸣，开我耳目塞。

丈人言往事，于心更有得。

生来是转蓬，所驻听风力。

稍喜教习处，悄然无峻刻。

得应故人招，无须仰鼻息。

事业已如是，饶它如鸡肋。

且随二三子，共泳古诗国。

未尝不深知，其路乃逼仄。

安得天人助，用以张羽翼？

世既不我知，如此且默默。

重游通天岩次王阳明诗韵

千里驱车来，尚喜精神好。

崖前忆游踪，置身如蓬岛。

密叶已遮天，竟是春归早。

刻石开我目，悻悻一为扫。

晚赴逸庐兄画室小聚分得"道"字

友声开我颜，闲愁为一扫。

自驾小跑车，急急寻蓬岛。

四顾发清幽，绿掩烹微道。

尽染翰墨香，几处花开早。

终入芝兰室，四壁皆瑰宝。

叹有素心人，丹青写怀抱。

谈燕何欢洽，时时为绝倒。

归来夜已深，何当再相造。

向闲寿诞雅集分韵得"似"字

本为多雨时，今日更不止。

滂沱祝君寿，寿如南山比。

结伴洪州友，贺年兼贺喜。

回首已十年，相交淡如水。

我向在山林，公亦同致仕。

境遇不相如，趋舍却何似。

同为避世人，优游诗联里。

抗心自古稀，何况值此世。

文章仰高才，贵却浔阳纸。

结交在四方，声名已鹊起。

愿得常叩门，品茗谈经史。

秀才人情事，莫轻此薄礼。

贵州粟多美来分韵得"羽"字

有客夜郎来，到浔已过午。

未及洗征尘，入座分宾主。

竟是性情人，谈燕泪如雨。

更以诗为联，磨琢不辞苦。

若非八斗才，于事亦何补。

机心施殆尽，未必存片羽。

岂皆如我钝，但看谁踵武。

赋得社课残月如初月

何分上下弦，一样如钩月。

也照秦汉关，也悬唐宋阙。

光辉掀黑幕，彻夜何曾歇。

终究力难支，天明随草没。

莫以真岑寂，乃向西边发。

收拾待从头，徘徊歌激越。

立春日奉和上饶汪俊辉先生江右诗社铜钹山年会迎宾诗

信是东君归步急，躬身遥对云头揖。

年年芳讯倩谁传，缕缕词心由我执。

铜钹招来清雅朋，吟旌指向光华邑。

饶州自古盛风骚，锦句瑶章宜诵习。

武威行 ^①

雪域高原翔百鸟，牛羊散漫随水草。

蓝天如砥白云低，风朗气清星月皎。

绿洲村树隐人家，戈壁滩中存古道。

沉醉苍茫天地间，游人只道风光好。

风光旖旎源太古，丝路绵延飞花雨。

壮士倚剑觅功名，挥手自此出关去。

关塞风尘卷红旗，黄沙埋骨知何处？

伫立楼头望河西，风中仿佛闻金鼓。

金鼓已息久不闻，雷台汉墓迥难群。

姑臧故塔巍然立，马踏飞燕向青云。

因山凿佛为鼻祖，天梯石窟照斜曛。

汉唐文明存一脉，神游千古思纷纷。

叹不尽、山川壮丽开画境，

人文盛景荡心灵，浩歌发为武威行！

---

① 2019 年"庆祝新中国成立 70 周年全国凉州诗词楹联创作大赛"三等奖作品。

芦溪县刘氏宗祠偶逢高福生先生

忆昔授予业，网上更交亲。

时惠嘉勉语，鞭策良有因。

知生本樗木，难与学为邻。

偶为一二韵，发语尚天真。

感师用意苦，存心倍觉珍。

不期大器里，再度仰丰神。

相逢何短暂，各遣劳劳身。

客中送师去，且作拜尘人。

过奉节

巴东天险鬼神愁，山势峥嵘草木幽。

夔门壁立雄天下，瞿塘水急争东流。

天坑万丈心惕息，一线天开日月浮。

恃险公孙称白帝，沧桑人事几千秋。

汉帝托孤频下泪，诸葛驱驰尽忠谋。

太白诗情高千古，少陵秋兴更无俦。

前修踪迹追难尽，抚今怀古累白头。

自来梦里相思地，山水人文任我游。

自遣

终年劳贱事，莫说更无求。

守得三分业，能少衣食忧。

闲思芳草绿，静看白云流。

繁花才谢树，一叶已惊秋。

月缺犹能满，岁月怎回头。

心早为形役，还如不羁舟。

抚仙湖行吟

闲趁清秋自驾车，来赏滇南璀璨珠。

揉蓝浸碧波千顷，溢彩流光玉一湖。

岸边飞扬芦花雪，水底悠游抗浪鱼。

一岛耸峙开气象，四山青翠入画图。

笙歌阵阵萦耳际，清风徐徐拂衣裾。

凫眠鸥集知浪静，楼高寺古照影虚。

山头日落犹不返，为醉仙湖景色殊。

栖霞山歌

重峦叠嶂大江边，龙吟虎啸若许年。①

纱帽峰前朝千佛，碧云亭上看逝川。

桃花涧里桃花灿，明镜湖水清且涟。

芳草翠柏四时茂，经霜枫叶似火燃。

风流人物今安在，历史烟云幻眼前。

一统河山开大业，秦皇雄视摄山巅。

立派开宗弘佛法，高僧三论著鸿篇。②

汲水扫叶煮清茗，试茶亭上袅篆烟。③

大帝南巡曾驻跸，吟诗赏景御花园。④

遁入空门标清节，美人芳冢何凄然。⑤

金陵胜景栖霞半，谁人到此不流连？

恢宏气象今胜昔，江水滔滔思绵绵。

---

① 栖霞山东北有龙山、西北有虎山。

② 梁僧朗于此大弘三论教义，被称为江南三论宗初祖。

③ 栖霞山有陆羽茶庄、试茶亭。

④ 明永乐、万历、清乾隆都曾驻跸于此。

⑤ 相传清军占领南京后，李香君逃到栖霞山，遇见了投降了清朝的情郎侯方域，她毅然割断情根，遁入空门，死后葬于此。

丽水歌

飞红滴翠六江源，天地钟灵景色妍。①

条条绿谷铺玉带，莽莽森林远接天。

雨后苍云浮竹海，春来碧水满梯田。②

仙霞过岭行缓缓，清泉汇涧流潺潺。

福地洞天龙泻瀑，乱抛雪玉作云烟。③

凛然一堵将军石，万古雄镇东西岩。④

将军宝剑寒芒动，似雪如霜出龙泉。⑤

青田石雕驰名久，写实写意栩栩然。

玲珑剔透呈五彩，夺人眼目开心颜。

青瓷莹洁明如镜，独领风骚数百年。

侨乡风物多异趣，括苍古道何蜿蜒。⑥

摩崖题刻传古韵，琼楼书院仰前贤。⑦

生态人文皆奇绝，唯美浙江大花园！

---

① 六江源：丽水市区域内有瓯江、钱塘江、飞云江、灵江、闽江、福安江，被称为"六江之源"。

② 梯田：云和梯田被誉为"中国最美梯田"。

③ 洞天：青田县石门洞传为我国道教十二洞天。雪玉：指遂昌县的神龙飞瀑景区的瀑布。

④ 将军石：在莲都区东西岩景区。

⑤ 龙泉：龙泉市有剑池遗址，相传春秋战国时铸剑名匠欧冶子在此铸剑。

⑥ 侨乡：青田县为华侨之乡。

⑦ 琼楼：指丽水标志性建筑应星楼。书院：指缙云县朱熹曾讲学的独峰书院。

酉阳桃花源行

巉岩壁立石作门，恬静悠然远世喧。

绿树葱郁山叠翠，层峦幽壑驻云根。

夹岸桃花燃如火，碧溪缓缓映朝暾。

轻岚薄霭浮茅舍，秦俗晋居古风存。

藏书石室追上古，洞前遥念避秦人。[①]

千里负笈来秘径，躬耕自足历苦辛。

洞中钟乳参差列，恰似儒生骨嶙峋。

河深谷险惊神鬼，武陵山内隐乾坤。

石笋石帘观不尽，再赏青石州府城。[②]

吊脚楼高添画谱，土家风物入眼明。

土司岁月随流水，六百余年享令名。

一日徜徉仙境里，归来倍觉气神清。

欲效陶公挥健笔，歌吟发为桃源行。[③]

[①] 景区有"石室藏书"与"太古洞（桃源秘径）"景观，传为咸阳儒生为逃秦火背负诗书典籍藏身于此，繁衍生息，大量的诗书典籍得以保存。

[②] 景区有"酉州古城"，街面以青石铺成，古为酉阳土司府所在地，如今仍依稀可见当年的恢宏气势。

[③] 陶公健笔：指陶渊明作《桃花源记》。

南昌赞歌

自古南方昌盛地，地灵人杰享盛名。

梅岭峰高山叠翠，象湖波阔水盈盈。

南浦渡头云帆远，百花洲上柳成行。

赣江澄澈流日夜，秋水广场灯火明。

山水神奇添画谱，人文鼎盛启诗情。

开创洪都建城史，一代名将忆灌婴。

五色炫曜王侯冢，海昏遗址使人惊。

真君锁蛟除民瘼，娄妃妆台纪枯荣。

滕阁一序传千古，朱耷泼墨意纵横。

八一枪声惊寰宇，威震敌胆似雷鸣。

红旗猎猎硝烟尽，共庆古郡获新生。

改革大潮腾激浪，搏风击雨尽豪英。

赣鄱儿女迎头立，踔厉奋发英雄城。

第四辑——词

金缕曲·仿顾贞观词寿詹八言老 [①]

仰视高山久。数年来、亲聆教诲，刮光磨垢。闻道春风能化雨，结社吟诗悟透。曾记得、旁批亲授。失敬之言犹在耳，奖后生、说项之恩厚。从此起，同师友。

先生正气冲牛斗。斥贪顽、激昂慷慨，几人能够。徒倚东西培桃李，著作文章不朽。只盼望、河清人寿。八秩等闲非罕见，待期颐、再敬先生酒。言不尽，观顿首。

鹊踏枝

滚滚波涛翻白鹭，淡绿鹅黄，春到江边树。梦里落花容易去，纷飞不与伊人遇。

昨夜灯花频报语，一刻还惊，坐卧无凭据。半载离家霜与露，万千甘苦与谁诉。

---

① 原刊于《九州诗词》2001 年 10 月号。

贺新郎

我自生来丑。纵相逢、粗形陋影，怎堪牵手？更有云天相阻隔，不似初冠时候。又岂愿、蒙羞含垢？世路风波多险恶，尽余生、两处相厮守。鱼共雁，总还有。

慰怀尚有三杯酒。料天公、翻云覆雨，也难封口。网上知交都零落，尽是他乡新友。从不道、骨消神朽。莫笑书生心胆怯，要提防、变故生襟肘。多少意，君知否？

潇湘夜雨

楼外声嚣，楼中人静，晴光浸透窗纱。平和岁月享清嘉。吟险韵、翻残古卷，发伊妹、笑骂冤家。终究是、棋牌事业，烟酒生涯。

风云倦逐，繁华过眼，大泽龙蛇。枕戈囊萤事，昨日黄花。莫问我、庭前竹树，全不晓、几度枯华。寻常度，何苦叹哎呀。

采桑子·和徐增产吟长原韵

宫商虽是雕虫技，顺不为难，工却为难，故我常于壁上观。

羡君一副陶钧手，理可安澜，文可安澜，一曲笙歌震广寒。

忆江南

一

年将晚，对景倍怆神。秋云不留双燕影，冬云漫锁百花心。窗下费沉吟。

二

音书少，不是旧时情。秋扇已捐荷叶老，夜云散去月华清。此后更无声。

鹧鸪天

忆昔征程岁月艰，腥风血雨暗如磐。渊深万丈难前马，壁立千峰可落冠。

云取次，路盘桓。终依巨手挽狂澜。谁教禹迹乾坤朗，散尽烽烟不下鞍。

行香子·中秋 ①

节近秋分，彤日温驯。一年中、最是宜人。飘香橘柚，桂子氤氲。正秋光健，阳光媚，月光新。

露冷疏桐，风老林榛。是天公、暗画年轮。征鸿如约，春梦无痕。惜庭中树，镜中影，梦中身。

鹧鸪天 ②

参破时乖与命乖，余生索性放形骸。横拖瘦竹安方步，倒插山花啸大街。

长短调，浅深杯。宵宵拼得醉瑶台。楚腰一握香盈手，眉眼轻挑任暗猜。

---

① 原刊于《诗词》报 2007 年第 1 期。
② 原刊于《诗词》报 2007 年第 1 期。

浣溪沙·夜行武黄高速

刺夜长车快似飞，昏黄月色透窗帷。山痕树影尽奔西。

一路情歌心戚戚，几家灯火眼迷迷。星星跟着我游移。

鹧鸪天[1]

一梦初醒四十余，尘间寄迹任乘除。难更旧习眉含蹙，不合时宜发懒梳。

屏键冷，月灯孤。天风拂槛晚来徐。人前且尽闲言语，弃置房中几柜书。

---

[1] 原刊于《中国诗词月刊》2010 年第 10 期。

桂枝香·次韵杨叔子院士纪念辛亥革命一百周年

天门剥落，正夕照当楼，长空清卓。黄叶惊风漫舞，坠飘城郭。数声直扑深宫里，背青天、阵鸿经略。万方多故，律回岁晚，尽生威虐。

猛回头、神州郭索。赞志士仁人，把妖魔捉。首义枪声激越，震惊台阁。推翻专制行民主，惜蓝图空好心愕。百年沉重，欲公天下，梦怀何托。

生查子·午阳招饮分韵得去字酒楼所在街为填河而成

昔时河水长，列岸多樯橹。风杂捣衣声，惊起滩前鹭。

今驰五色车，急急谁边去？沧海变桑田，剩我茫然顾。

醉落魄 [1]

露寒风烈，等闲又到重阳节。满园落叶何堪说，且把幽怀、抛向枝头月。

少小轻狂心易热，中年意气多消歇。平生事业如鸡肋，醉倚东篱、一解千千结。

行香子·荷都金湖 [2]

绿掩村庄，水阔天长。好金湖、一派风光。园林景致，直逼苏杭。醉荷花艳，芦花白，稻花香。

丰饶物产，鱼米之乡。适宜居、今古传扬。珠玑列市，鸥鹭浮塘。看人流密，车流急，物流忙。

---

① 原刊于《诗词》报 2012 年第 23 期。

② 2013 年第二届"青莲杯"全国廉政诗词楹联大赛二等奖作品。

临江仙

偕友来游旧地，停车漫踏芳春。湖山且放等闲身。乱红开倦眼，细雨湿衣襟。

似是前缘未尽，也因好景堪寻。瓷都瑶里不辞频。中宵连语后，归去酒微醺。

鹧鸪天·咏燕

一别经年着意猜，青衣倩影几时回？风吹梅蕊缤纷落，日照冰河次第开。

花烂漫，月徘徊。穿云携得海潮来。楼台村郭皆依旧，只是梁巢已满灰。

天仙子·庐山谷雨诗会分韵得"菊"字

埂上小莓青未熟，百花纷谢南山麓。离离草见竹篱边，彭泽菊，有谁育，负尽春光千种绿。

归自谣·游阁皂山分得"洞"字

谁与共？福地空明仙气重，山风更把清凉送。

殷勤曾也勘鹤梦，无何用，而今不再思三洞。

浣溪沙·武汉新洲问津书院 [①]

风雨沧桑几废兴，人文薪火未能停。鸿儒四至广传经。

高殿露台存圣迹，清溪碧嶂护门庭。时逢盛世更昌明。

---

① 2014 年"问津杯"全国诗词大赛优秀奖作品。

蝶恋花·清江浦 ①

九省通衢兴旺埠，北马南船，梦里清江浦。荟萃人文千万数，客商灯火知何处？

历尽沧桑风雨路，禹甸重光，又见鱼龙舞。遍地笙箫朝复暮，运河再起和谐鼓。

高阳台·小南辛堡赏海棠

天漠沙柔，官厅浪卷，小南辛堡驰名。胜概千般，何如"国艳"娉婷？春风俏立朱唇启，是西施、脉脉含情。吐芳心、鬓影衣香，蝶扑蜂萦。

瑶姿合被才人眷，看诗题翰墨，色染丹青。花里神仙，谁能极尽仪形？俊游总恨时光短，对离愁、欲说无凭。待明年、再到怀来，再赏倾城。

---

① 2014 年清江浦杯马年迎新春诗词、对联征集大赛优秀奖作品。

青玉案·石岐龙舟赛

石岐风物原无数，最难忘、龙舟渡。海应山呼惊宿鹭，彩旗如画，槌锣擂鼓，引得行云驻。

欢腾此日知何故？禹迹从来重端午。夺锦飞舻餐角黍，骋怀祈福，同心踵武，漫步康庄路。

醉桃源

春来溪水碧盈盈，桃花夹岸生。楚山烟雨耐天晴，漳江夜月明。

渔鼓起，白云停，板龙舞太平。清风拂过采菱城，红陶作和声。

定风波·恭请观音归南海

南海风涛静复生，佛光何日抚波平。莲座升时春浩荡，和畅，杨枝露滴兆安宁。

且看慈航归福地，祥瑞，云天万里喜空明。自有婆心开化境，同庆，迎来疆域息纷争。

浪淘沙

连日雨空蒙，寒意重重。出门便是打头风。寻遍园中兼陌上，不见花红。

幽恨锁眉峰，怅对苍穹。惜春心绪有谁同。料得芳菲将一瞬，太息无穷。

望海潮·开封

八荒争奏，中原腹地，古都别具丰仪。繁塔御街，皇城故址，天波杨府雄姿。夜雨洒金池。豫剧声腔壮，万众痴迷。刺绣精工，吉祥年画美名驰。

风光是处清奇。看烟笼汴水，柳拂隋堤。佛寺听钟，梁园赏雪，州桥澹月流辉。芳树乱莺啼。四河环如带，鱼跃鸢飞。更醉西湖胜境，日暮竟忘归。

人月圆·游梵净山

云封雾锁红尘杳，巨佛睡安详。梵天净土，神仙阆苑，自古名扬。

凤凰展翅，老鹰兀立，金顶辉煌。① 不辞千里，邀来胜友，恣意徜徉。

---

① 凤凰山为梵净山主峰，老鹰岩、金顶皆为梵净山景点。

十二时·浔城夏风小集分得"色"字

高朋满座，高谈快意，高情盈溢。佳筵对庐阜，共明湖风色。

几度离分今又集，尽余欢、酒阑时刻。寻常踏芳草，抚幽怀千百。

行香子·镇坪

嶂叠山雄，势欲凌空。任南江、分作西东。红岩寨险，飞峡云浓。看水潺湲，花娇媚，月玲珑。

国心胜境，三省连通。[①]且徜徉、遍地秦风。悠扬唢呐，吹彻苍穹。更船灯灿，龙灯闹，蜡灯红。

浣溪沙·炎陵县云上大院

飞瀑如龙下翠峰，铁头太子竞豪雄。人文生态遍山中。

云树叶张千顷绿，杜鹃花映五星红。茶盐古道漫西风。

---

① 国心：镇坪处于中国版图的"自然国心"，有"国心县"之称。

阮郎归·达州行

春来渠水碧盈盈，黄花遍地生。苎麻橄榄喜天晴，气都夜月明。[1]

高峡畔，白云停，火龙舞太平。巴人故里踏歌行，江涛作和声。

沁园春·谒高平炎帝陵

异德神农，崛起高平，恩泽流长。念亲尝百草，医除疾病，教民稼穑，制作衣裳。削木为琴，调商协吕，乐舞齐张韵律扬。河山固，更弦弧剡矢，率众开疆。

无端思绪茫茫。趁暇日轻车越太行。看中华正朔，炎黄故里，日升月耀，百业隆昌。圣迹依稀，残碑犹在，殿宇巍巍镇八荒。谁同我，奠一盘佳馔，一炷心香。

---

① 气都：达州是国家天然气开发利用示范区，被称为"中国气都"。

眼儿媚

罗裙轻曳出兰房，翠鬟散幽香。邀来旧友，芳踪远展，踏遍春光。

近来何事无情绪，日晚倦梳妆。思量应是，莲花月色，不及维扬。

八声甘州·游甘州

叹山川壮丽得神工，胜境莽无边。看雪巅绝壁，峰林异石，矗立蓝天。绚烂丹霞如火，七彩染高原。锦缎铺丝路，不尽绵延。

更有花红水碧，似江南韵致，妩媚堪怜。纵丹青圣手，泼墨也难传。醉千秋、河西风色，待归来、应是梦魂牵。琼楼上，对他乡月，任我流连。

念奴娇·长江即景[①]

东流滚滚，合奔来九派，浪涛千叠。一出巫山高峡后，是处岸平潮阔。烟树晴云，鸥翔鹭集，荆楚连吴越。长空万里，望中无尽风物。

亘古天堑难通，鸿沟壁垒，总把金瓯裂。横跨沧波消阻隔，次第虹桥铺设。商旅穿行，轻舟竞逐，犁破江心月。高堤清赏，倩谁相与评说。

望海潮·云阳山

雄如南岳，湘东胜概，云阳自是名山。幽险秀奇，群峰耸立，丹崖飞瀑流泉。深壑袅岚烟。倒莲傍垂柱，钟乳奇观。花海香浓，蜂游蝶戏舞翩跹。

分明世外桃源。更仙居福地，道脉绵延。儒气漫空，佛光射斗，魁星照彻长天。书院毓高贤。灵迹思茶祖，景仰油然。醉赏犀城阆苑，别后梦魂牵。

行香子·武塘颂

江左名邦，鱼米之乡。清华景、媲美苏杭。平原曲港，一派风光。看新村靓，田畴绿，水天长。

银槎绝技，八子词章。[①]魏塘纱、千古名扬。[②]人文厚重，俗尚敦庞。正业兴旺，民殷实，镇和祥。

画堂春·永定河绿色港湾

春来嘉绿树成行，游人拾翠河旁。花开红紫溢芬芳，燕子高翔。

风骤亦无尘土，骑行步道绵长。北臧喜看着新妆，醉了心房。

---

① 银槎：元代魏塘人朱碧山所制精妙的酒器。八子：指明末清初以"柳洲八子"称名的活跃于魏塘的词人唱和群体。

② 魏塘纱：谚语有"买不尽松江布，收不尽魏塘纱"之说。

后记

　　诗道精微，艺无止境，况樗栎之材岂敢谓已窥其门墙焉！然《诗大序》云："在心为志，发言为诗。"凡山光水色、名胜古迹、草木风云、亲友交游、酬唱赠答、世态过往、独坐冥思……或"灵光一闪"不假思索，或偶得一意一句敷衍成篇，皆不免"不知手之舞之，足之蹈之"。"余事作诗人"，学诗二十余年，检点诗囊，前十年"悔其少作"者十之八九，后十余年比例略低，然勉强能示于人者亦不到六百首，实不可谓知诗，亦不可谓勤奋。

　　短于识见、匮于学养、窄于襟抱、疏于格律，欲得好诗，难矣哉。故集中命意不纯粹者、用语粗鄙俚俗熟滑者、"老干体"之味者、格律粗疏者，或所在多有。所幸笔下之言皆为心中之意，黄遵宪"我手写我口"之语庶几堪为自慰。

　　吾于诗酷爱律绝，故用力也在此，集中占十之九。友人曾评拙句曰："绝句相当灵动，律诗相当不灵动。"灵动与否任人评说。殆若有可采，其在绝句乎？一粲。至于古风与词，则恐更徒具形式，不过韵语耳。

　　二十余年殚精竭虑，念兹在兹，不忍泯弃，故都为一集，聊作一小结，亦有敝帚自珍之意，至于得之者用为手纸抑或用于覆瓿，则在所不计也。

在拙著即将付梓之际，特别感谢九江学院文学院不弃浅陋资助出版并将拙著纳入文学院濂溪文库；感谢著名诗家学者熊盛元先生作序，让拙著增色不少；感谢南昌大学胡平贵教授、湖南理工学院黄去非教授、江西农业大学陈晗博士力荐。

是为记。

李瑞河

癸卯年桂月于九江匡庐苑寓所